文春文庫

人生は五十一から

小林信彦

JN285663

文藝春秋

人生は五十一から◉目次

はじめに＝なぜ五十一からか？

　いやでも、人間は歳をとります。

「歳をとるのは当り前だ。こわいことじゃない。こわいのは〈社会に対して機能しない人間、人生に目的を持たない人間〉になってしまうことだ」

というロバート・レッドフォードの台詞《せりふ》がありますが、ぼく自身の経験でも、五十を過ぎて、ようやく、世の中や人間関係のからくりが見えてきた時に、肉体の老化があらわになりました。そして、今の日本では、〈肉体の老化〉だけがとり上げられて、中年後半からの知恵は問題にもされないのです。

　こうした傾向は東京オリンピック以降のことであって、それ以前の人は、なにかというと、五十過ぎの人たちの知恵を借りていたものです。それはまた、日本人そのものの生活の知恵でもあったように思えるのですが……。

人生は五十一から

年の始めの……

ぼくが高校生のころの話だが——。

——人生　わずか五十年
　満で数えりゃ　四十九《しじゅうく》年

というコミック・ソングがNHKラジオから流れていた。

民放ラジオもテレビもなかった時代だから、いつごろかという見当はつく。年齢を〈数え〉でなく、〈満で数〉えるようになったのは一九五〇年（昭和二十五年）の一月からである。

つまりは敗戦後五年目というわけで、当時、人生は五十年と、まあ、漠然と考えられていた。

ところが、実は、この年、女性の平均寿命は六十歳を超えていたのである。正確に書けば、六十一・四歳。

男性の平均寿命は五十八歳と記されている。戦争・敗戦と、いろいろあったわりには年齢が高い。敗戦後、急に寿命が伸びたのですかね。

だが、英文法の本にもある通り、例外のない規則はない。新年早々、こういう話題は避けるべきなのだが、この際、勘弁していただく。ぼくの父親は一九五二年に五十歳であの世へ去った。

一九五二年といえば、江利チエミの「テネシー・ワルツ」の年である。エディ・フィッシャーの「エニー・タイム」の年であり、ジョー・スタッフォードの「ジャンバラヤ」の年であり、映画でいえば「第三の男」が封切られた年である。どうでもいいことだが、森の石松を〈代参の男〉という、つまらない洒落《しゃれ》がはやった年でもある。

平均寿命は五十八歳というが、クスリやら酒やらで、〈アプレ〉の若者は早く死んでいた。だが、ぼくの父親の世代から上は、五十代、六十代の男が元気だった。病気とはいえ、父親は早死にだったのである。十代の終りのぼくは途方に暮れた。

自分の話になる。

小学校（途中から国民学校になった）のころは〈虚弱児童〉と呼ばれて、校舎の地下で太陽灯を浴びていた。青い眼鏡をかけて、じっとしているのである。二十歳まで生きるのはむずかしいだろう、と医者は言った。

二十代までなんとか生きのびると、ストレスで胃をやられ、高名な外科病院の医師に、会社をやめないと命は保証できない、とはっきり言われた。

そんな人間だから、五十になった時は、さすがに感慨があった。

これは、ぼくだけの感想かも知れないが、（お父さん、あなたの歳まで生きてきたんだから、あとは余生っていうんですかねえ？）と問いかける気持があった。（ここまで生きたんだから、ま、あとはどうでもいいや）というひそかな気分もあった。

だが、そのころ、母親は健在だったし、小学生の子供がいたりしたので、気を弛《ゆる》めるのは不可能だった。

考えてみれば、〈人生五十年〉とほぼ決まっていた時代のほうが、生きるのが楽だったのではないかと思う。戦前の東京の商人だと、五十を過ぎれば隠居で、小唄を習ったり、万年青《おもと》の葉を洗ったりしていればよかったのである。（今でも、そういう方がおられるが。）

しかし、なんというか、時代が悪いのか、職業によるのか知らないが、五十を過ぎても、人生がずーっとあるんですね。で、ずーっと生きてなきゃならない。

亡くなるかなり前の渥美清に道で会った時、こうボヤいていた。

「朝、起きる時から身体が痛いんだよな。外を歩《ある》ってて、子供がちょろちょろしてると、みょーに腹が立つの。——で、ふっと考えるとさ。子供のころ、町内に、なんだか知らないけど、気むずかしい爺さんがいた。ああ、あの爺さんが今のおれなんだって気づいた時は、なんか寂《さみ》しいものがあったね」

日本は最長寿国なんていう新聞記事を見るたびに、その言葉を想い出す。いったい、どこがめでたいのか？


高校のころから近眼だったから、老眼になった時は、それほど驚かなかった。三十九ぐらいで老眼になったと思う。眼鏡屋の人は老眼鏡《ろうがんきょう》というのを避けて、〈読書用の眼鏡〉というが、なに、同じことです。

眼が丈夫で、近眼・乱視を知らなかった人は、突然、腕時計の数字が見えなくなったりすると、びっくりするらしい。

レストランでメニューが出てくると、眼鏡をかける人（老眼）と外す人（近眼）がいるのが面白いのだが、ぼくは後者で、老眼は自然になおってしまっている。近眼の眼鏡を外すだけである。

五十を過ぎて困ったのは、なんでもない固有名詞が想い出せなくなることである。

（もっとも、これは三十代の人でも、もう、そうなっている。食べ物のせいだろうか。）

友達と映画の話を電話でしていて、突然、名前が出なくなる。そんなことはまずなかったので、初めは驚いた。

脇役でも、ジェームス・グリースンとかエドワード・エヴァレット・ホートンなんて名前はすらすら出る。出てこないのは最近の脇役で、スティーヴ・ブシェーミなんてのは、もっともよくない。ほら、「ファーゴ」に出ていた変な顔の奴だよ、と言うと、相手も、ああ、あいつか、と分かるのだが、名前が出ない。想い出せないから、そのまま〈変な顔の奴〉で話を続けようということになる。

ミュージシャンや色物の芸人は（例外はあるにしても）、今でも五十ぐらいが芸の定年のようである。

ところが、落語家と作家は定年がないのですね。

どういうことかと考えると、才能があればの話だが、五十過ぎ、五十代半ばぐらいから、〈もの〉というか、〈浮世のからくり〉が見えてくる。野球でいえば、〈タマが止まって見える〉というやつだが、その時、体力があればヒットやホームランが打てる。体力の問題になってくる。

いつか、志ん朝さんにうかがったのだが、古今亭志ん生という人はものすごく体力があったそうだ。それでなきゃ、六十近くなって人気者になり、いまだにCDが売れつづけるなんてことはあり得ない。おそらく志ん生は自分の寿命なんて考えなかったのだろう。

（'98・1・1／8）

〈飢え〉の記憶の曖昧《あいまい》さ

〈戦中まっ暗史観〉という言い方を初めて知った。発言者は山本夏彦さんである。「室内」一九九七年九月号の「戦前という時代」の終りの部分に、こういう会話がある。

――妹尾河童さんのベストセラー「少年H」は当時田舎の親戚に行ったら食べ物がいくらでもあったことを書いています。

山本　もしそうなら珍しい発言です、読んでみたい。戦中まっ暗史観はこの飢えと関係が深いから。

そう、問題は〈飢え〉であった。

要約すれば、山本夏彦さんは戦時中に飢えたことがなかった。それを書くと、〈僕の言うことを大概《たいがい》忍んでくれる徳岡孝夫、吉村昭、石堂淑朗の三氏でさえ、戦中戦後ひもじい思いをしたことがないということだけは許しません。飢えた人は飢えなかった人を許さないのです。〉

阪神大震災とオウム事件以後、ぼくは今までに体験したことのない時代に入ったと思っている。

では、まったく新しい体験かというと、そうでもない。敗戦前後の大混乱といくつか重なる部分がある。サマーセット・モーム風にいえば、世の中にそう新しいことはない。

そんなわけで、ぼくなりにいろいろ考えているところに出てきたのが、この〈飢え〉である。おまえは本当に飢えたことがあるか、と自分に問いかけてみたのである。

明らかに飢えたのは、一九四四年（昭和十九年）八月末から翌年三月末までの七カ月である。集団疎開などと書いても今どき通じないだろうが、とにかく、国民学校（小学校）の生徒何十人かがまとまって、埼玉の山の中の寺に入ったのである。

何十人もの食糧は〈現地調達〉ということになっていたはずだが、あいにく、埼玉県では米が入手できない。東京から親たちがリュックサックで運んでくるが、食べ盛りの何十人にはとても足りない。それではどうしたのかと訊かれると、ぼくにもわからない。たぶん、現地の闇ルートで入手したのだろう。

この時、ぼくは国民学校六年生であるが、初めのうちは〈集団疎開〉を世の約束ごとだと思っていた。子供からみれば、〈防空演習〉だって約束ごとである。東京に食べ物がないのが嘘であるのは、埼玉県へ出発する前に、中華料理屋でフルコースを食べていたから、わかっていた。

ぼくの記憶では、七カ月の間に肉を口に入れたのは一度きり。それも消しゴムの小さいようなものだった。正月に尾頭《おかしら》付きと称して、干物が出た。この年ごろの子供に必要な牛乳や卵は影もない。煮物もカレーも、すべて、カボチャであった。

当然のことであるが、ほぼ全員が栄養不良になった。いずれ小説にするつもりなので省略して書くが、川でヤマメや赤蛙をつかまえて食べた。いまテレビで報じられるイラクの少年そっくりに痩せていた。

どんなに辛いことがあっても、一九四五年の三月十日（陸軍記念日）には東京に帰れるというのが唯一の希望だった。そして三月十日——東京の下町は無差別爆撃で灰になった。

幸い、両親が生きのびたので、遠い親戚をたよって、新潟県に疎開した。

新潟なら米があるだろうと思うのはシロウトであって、米も肉も魚も卵も、夜中にトラックで東京に運ばれてしまうのである。それでも、両親は八方手を尽して米を入手した。米があれば、あとは野沢菜や茄子をおかずにして食べていける。この段階で、〈飢え〉はなんとか解消した。お金さえ出せば、魚も入手できた。

翌年の暮に東京に帰ると、渋谷の闇市にはなんでもあった。五目中華そばなんでものも食べられ、東横デパート一階の食品部では鮨を売っていた。もっとも、米を持っていかないと鮨を握ってくれない。

いまだに、ぼくはデパートの食品売り場へ行くと、買い過ぎてしまう。ある日、すべての食品が消え去る恐怖を覚えるからである。こんなことが続くはずはないと思うようになって、三十年以上経ってしまった。

山本さんの説では、石堂淑朗さんもそう考えているらしく、〈子供の時っておそろしいもんだと思いますよ〉と書いておられる。たしかに、おそろしい。山本さんは戦前派だから、〈デパートに物があふれてい〉るのは当然と見ているのである。

さて、七カ月飢えたことは確かである。それが何年も続いたように思えるのは何故だろうか。

高校のころはやたらに腹が減った。弁当を食べたあとで、学校の近くのそば屋に毎日通ったら胃が痛くなり、医者に胃拡張といわれた。友達と、どうも腹が減る、とボヤいているうちに、連日、肉南蛮《にくなんばん》を食べるくせがついたのである。

その後、二十代になってからも、連日、空腹感に悩まされたことがある。これは、家を飛び出して、わずかな失業保険で食いつないでいたのだから仕方がない。自分が悪いのである。

これらの体験が頭の中でつながってしまって、（ずっと飢えていた）という印象になったらしい。くりかえすようだが、ぼくが文字通り飢えたのは七カ月である。

もっとも、これを一般化することはできない。ぼくの家は古い和菓子屋なので、砂糖や小麦粉の入手が自由だったとか、いくつかの抜け穴があった。だから、どこの家でも、本当の〈飢え〉を知らなかったとはとても言えない。

山本夏彦さんは〈僕はおなかがすかないんです〉と語っておられるが、一方で、〈今どこへ行くと何があるか僕のほうがよく知っている〉とも漏らしている。情報誌なんてない時代には、こういう人が強いのだ。

子供だったから、ぼくの戦時中はまっ暗ではなかった。映画、ラジオ、寄席、舞台、実演（ライヴ）と吸収に忙しく、一九四四年八月までは、空襲の不安はあったが、けっこう楽しかった。それだけに八月末からの七カ月がこたえる。

（'98・1・15）

初老性うつ状態のこと

昨年末の伊丹十三監督の自殺は同世代者であるところのぼくの周囲で大きな話題になった。

「ねえ、あれ、どういうこと？　けっこう良い仕事をしてたじゃない？」

そう無邪気に問いかけられると、返答に窮する。

まず、ぼくはこの監督の映画をほとんど観ていない。「お葬式」と「タンポポ」はテレビで観た。また、某若手監督がショックを受けましたと語ったので、旅先で「マルサの女」を観た。音楽はとても良いが、映画そのものはまずまずのエンタテインメントで、ただし、お客はよく入っていた。

要するに、ぼくは伊丹監督の仕事に興味が持てなかったヒトで、だから私生活にも興味がない。女性とか写真週刊誌とかいうが、それは一つのきっかけであって、根本の原因ではないと思う。自殺の原因というのは、他人が考えてもわかりっこない。ごく古い話を持ち出せば、芥川の自殺だっていまだにわからないではないか。

ぼくが六十になろうとするころ、指圧の名手である老人にこう言われた。

「六十代は五十代と違いますよ。五十代なんて若いものです。六十代に慣れるのには、二、三年かかりますよ」

オオゲサなことをいう爺さんだ、とぼくは思った。にもかかわらず、その言葉はいつまでも心に残った。当節《とうせつ》、こういう教えを述べてくれる人はめったにいない。

もともと体力のないぼくだが、それでもなお、体力は衰えるのである。

まず、モノへの執着が薄くなった。

一九三〇、四〇年代のアメリカ映画のビデオを集めていたのだが、こんなことをして何の意味があるのだろうと、ふと思うようになった。ぼくが病気で伏せるようになったら、すべてが無用のものである。

本だってそうだ。書庫にある本や雑誌はぼくにとっては大事だが、世間には全く通用しないだろう。ビデオも本も〈完璧な蒐集《しゅうしゅう》〉を心掛けてきたのだが、（どうでもいいや）と思うようになった。そういったモノを喜んでくれる先輩、友人があらかた他界したせいもある。

オウム事件が起こった年だから、一九九五年（平成七年）か。

戦後五十年かかって、こんなコトが起こるのかと思うと、情なくなり、ぼくは夜中に涙を流した。事件の推移を深夜のラジオできいていた時だと思う。これは戦後の五十年を生きてきた人にしか通じない感情なので、誰にも話さなかった。

その年の夏に、ちょっとした事件があった。

ぼくの小説について、ある新聞記者が〈文学散歩〉をしたいというので、深川へ行った。雨が降っていた。

さらに、向島百花園で写真をとりたいといわれ、深川からタクシーで向島に向う。ここまではどうということもない。すでにうつ状態のぼくはあまり話をしなかった。

前方をトラックが走っている。どうということもない眺めである。

突然、トラックが右向きになり、壁のように視界をふさいだ。あ、あ、とタクシーの運転手が叫ぶ。ブレーキがきかないらしく、トラックに衝突した。

新聞記者はなにも言わない。ショックを受けたのか、怪我がなかったからか。

タクシーをおりてみると、籾殻《もみがら》が路面に広く散乱していた。左から飛び出てきた車があって、トラックは避《よ》けようとしたのだが、濡れた籾殻のためにそのまま右向きになった。タクシーはブレーキをかけたが、路面がそういう状態なので、止まらず、衝突というわけである。運転手三人が口論を始めたところで、ぼくは別なタクシーを探し始めた。

自分でも奇妙に思われたほど、ぼくは超然としていた。ムチウチ症は大丈夫かと考えることもしない。

今にして思えば、その無関心さが異常なのだが、夕方、年下の作家に新宿で会い、食事を共にして、冗談を言っている。「病院へ行かないでいいんですか」と訊かれた覚えがある。

その年の春、書き下ろし小説を終えたころから、ぼくは（他人が自分を必要としていない……）と思い始めていた。（必要とされていないのなら、苦労して生きていることもない）

初老性のうつ状態というのだろうか。とにかく、すべてが面倒くさく、どうにでもなれという気分だった。

この気分は決して悪くはない。モノに執着しないのは、いっそ、さっぱりしている。ぼく個人の場合でいえば、高層ホテルの一室にひとりでいると、限りなく思考がマイナスの方向に進む。自動車の事故など、どうということはないのである。

気力があれば、（いや、しかし……）と自分に反論するのだが、体力が衰えていては、気力もない。要するに、無気力。そして大きな喪失感があります、胸の真中に。

こうした心理状態だと、女性とのごたごた、借金、ギャンブルの落とし穴、病気――ちょっとしたことが引き金になって、あの世にジャンプするのは容易である。いや、容易かどうかはわからないが、条件はととのっている。

もっとつまらないことでも、ジャンプするかも知れない。例えば、電車のシルバーシートに色の黒い若い外国人がどっかとすわっていてけしからん、なぜ英語で表示を出さんのか、といった程度のことでも。さらに困ったことに、家族や友人と話をするときには〈以前の自分〉に即座に戻れるのである。明らかにおかしい言動にはならない。

初夏から十一月まで、こんな状態だったと記憶する。そのままだったら、ぼくはこうして原稿を書いてはいないわけで、同じ年の十一月に或ることがあって、ぼくは現実に直面せざるをえなくなる。その顚末《てんまつ》は次回に——。

（'98・1・22）

うつ状態どころじゃなく

前回のつづき――。

十一月の後半、ぼくは近所の医師にビタミン注射を打ってもらい、ベッドに横になる日が多かった。

今にして思えば、これが六十になった節目《ふしめ》だったのである。

それまでのぼくは、男の人生の節目を奇妙な形ですり抜けてきた。

男性の最初のネックである三十歳。この時は結婚したばかりで、あろうことか会社をクビになり、憂いに沈んでいる余裕などなかった。

次のネックである四十歳は、第一次石油ショックの年である。灯油やトイレットペーパーが店頭から姿を消す。超インフレで生活があやうくなり、それから逃れるので精一杯。

五十歳。この時はただ仕事が忙しく、ユウウツになるヒマなし。

ただし、これらの節目の近辺で、それはもう、リチギといっていいほど、友人知己が亡くなっている。

六十歳近くで亡くなった人というと、藤山寛美さん、色川武大さんがすぐに思いつく。そして、ぼくも疲労困憊《こんぱい》していた。

一九九五年十一月二十日から事情が一変する。

二十日の夜、まったく知らない二人組の男が現れ、妻に書類を渡して去った。ひとことでいえば、ぼくの家の南側に五階建てのマンションを建てるという計画である。素人目にはなんだかわからない設計図と日影図《にちえい》がどさっとあって、〈プライバシー〉や〈日影〉に関しては〈個別に交渉し、誠意をもって円満に解決する〉とエラソーに書いてある。

つけ加えておくと、ぼくの家と狭い道一つへだてた南側には古い平家《ひらや》があり、最近、主人である老人が亡くなっていた。白髪の夫人が残され、人の出入りがなにやらおかしい。家族の中でトラブルが起きているらしかった。

要するに、土地は売り渡され、建設業者の手に落ちた。日影図によれば、マンションができると真冬にはわが家にまったく日が当らなくなる。

体力のないぼくは（厄介なことになった）と思った。が、それだけだったら、闘争本能をかき立てられることはなかったと思う。

ショックを受けたのは妻である。猫のひたいほどの庭の手入れを楽しんでいる妻は気落ちして、

「十六年住んだから、いいか……」

とアキラメの言葉を口にした。

とたんに、通俗ハードボイルド風に書けば、ぼくの〈アドレナリンが出た〉のである。どこから出たのかはわからないが、建築の専門家と弁護士に電話を入れていた。弁護士のNさんはずっと世話になっている有能で多忙な人だが、一週間後に、自分で現地を見にくる、と言ってくれた。

専門家が見て、設計図はぎ、り、ぎ、り、法に触れないように出来ているという。変な部分は色々あるが、法に触れないようになっている。バブル後だから、業者も必死である。

ぼくは独りで戦うつもりだったが、同じような被害を受ける（わが家の）両どなりの家々もNさんを頼みたいという。

この時点で、ぼくは一面識もないキョーサントーの区議に相談することを考えていた。キョーサントーだろうと某宗教関係だろうと、区にとって区議はけっこううるさい存在なのである。しかし、選挙の前であるのと、他の被害者たちがどう思うか分からないので、やめにした。

ぼくたちの前に現れたNさんは、
「日照権は絶対的なものではないので……」
と前置きした。
戦うポイントの一つは日照権なのだが、これはまあ人権の一種みたいなものであり、〈人権〉がそうであるように、はっきりいえば、それだけでは勝つのがむずかしい。
ぼく流に整理してしまえば、
a　業者が建築のやり方を遠慮する
b　金銭で解決する
の二つにほぼ分かれる。ただし、わが家と両隣人の場合、金はいらない、そんなものでゴマカされない、と態度がはっきりしているから、aについて争うしかない。
これからあとは一冊の本になるほどの滑稽《こっけい》で長い話なので、結果だけを記すが、一九九六年二月から四月まで、ブショウなアタシが東京地裁に八回も足を運びました。地裁のまわりはオウム事件関係で警備がきびしかった。手荷物検査もあったし。
Nさんにお願いした以上は、というわけで、すべてに出席したのだが――、
1　裁判は裁判官しだい
とわかった。

こうした裁判は裁判官の年齢、キャリア、苦労人かどうかで左右されるようで、この時の中年の裁判官は〈日本経済の無限の発展〉〈マンションを建てて(区の)人口が少しでも増えるのは良いこと〉という思想の持主のようだった。だから、ぼくたちには不利で、Nさんのいう〈苦渋の選択〉をせざるをえなかった。つまり、高度成長→バブルを当然として生きてきた役人にとっては、〈日照ごときで〉市民の経済活動に反対するとはなにごとぞ、と判断したのではないか。

おそらく、日本の役人の大半はこういうタイプではないか、とぼくは考えた。ようやく、この国のカタチというやつが見えてきたので、ぼくは裁判関係者を観察し、メモをとった。寒い中、東京地裁に通えば、そういう風になる。

2　プライバシー保護

Nさんの狙いの一つは工事協定書というものを作ることにあった。

なにしろ、幅が五メートルもない道に面して、地下の車庫つきのマンションを建てようというのだから、協定書がないと、工事現場が無法地帯になる恐れがある。

こちらの恐れた通り、現場はムチャクチャであった。しかも、マンションの各戸に大きな窓を作り、他人のプライバシーを無視して平然としている。

そこで再び、Nさん登場。一九九七年の三月、四月と、ぼくは地裁に六回通った。

この時の裁判官は若い人だったが、業者のインチキ論理を許さなかった。それにしても、日本がゼネコン、建設業者の天国であることに変りはない。
こうして、ぼくのうつ状態は一年半ほど薄められたのであった。

（'98・1・29）

ジャーゴンと御用聞き

「享年《きょうねん》七十八歳と書くのは間違いですよ。享年七十八が正しい」

二十代の時に、ある老人に注意された。老人は昭和初期の名編集者だが、戦後は落ちぶれて、小出版社の校正係になっていた。

老人はいろいろと教えてくれ、ぼくにはとてもプラスになった。今でも、辞典によっては〈享年七十八歳〉というのがあるが、「大辞林」は〈享年七十八〉をとっている。

それはともかく――。

トシをとっても、〈最近の若者の言葉は……〉という例の言い方だけはしたくない、と思っていた。二十代の時である。

なにしろ、日本は戦争に負けたのである。ジス・イズ・パチンコ・カントリー。どうにでもなれと思った。コール・ポーターではないが、〈なんでもあり《エニシング・ゴーズ》〉ではないか。

五十を過ぎたころから、そうは思わなくなった。

ぼく及び同世代者の場合は、反抗的に、わざと日本語を崩していた傾向がある。まともな言葉とジャーゴン（いま風に訳せば業界用語）の使いわけである。

ジャーゴンというのも必然性があるので、テレビの初期は、局員にバンド出身者が多かった。一万五千円をツェーマンゲーセンというのは、金額について隠語の方がし易いことがまずある。隠語は音楽から持ってきたので、あくまでも、内輪の会話用である。イージュー（三十）という言葉さえわからないぼくに対しては、テレビ局の人はフツウの言葉で話した。

一九六〇年代の終りごろ、斜陽の映画界から役者たちがテレビに入ってきた。この人たちにとってはテレビのジャーゴンが物珍しい。だから、テレビの画面でジャーゴンを口にすることがある。

さらに、素人同然のテレビタレントというものが登場する。大学の落語研究会の隅にいたような連中で、テレビでだけ通用するという〈隙間タレント〉の走りである。

この種のタレントがジャーゴンをまき散らした。

〈ないきた↑汚い〉

〈スーブー↑ブス〉

これらを公私かまわず使うから、たまらない。少しずつ一般にひろがる。

しかも、落語研究会（これも恥ずかしい名称だが）にいたから、その方面の隠語もかじっている。

〈ごちになる↑ご馳走になる〉

といった、どう考えても品の良くない言葉を使う。世代的には全共闘世代なのだが、それらの中の〈芸能界好き〉（芸能好きではない）がこの連中である。言葉の二面性があったぼくたちと違って、ジャーゴンを使って堅気の友人との差異を示したい人たちなので、まともな日本語を使えなくなっていた。

フィリピンの収容所で敗戦を知った大岡昇平さんは、

（これで日本語が乱れる……）

と思ったという。マルコス政権が倒れた直後、お宅でワインを頂きながら、そういう話をうかがった。

戦後、日本語の乱れが云々《うんぬん》されたが、これはおかしい、とぼくが思ったのは一九六〇年代半ばごろである。

小説で生活できないぼくは、今でいうコラム、当時でいう雑文を書いていたのだが、さまざまな理由で断らざるをえない仕事がある。

――今回は外してください。

と、ぼくが言うと、相手である新聞記者または編集者は、

——そうですか。じゃ、また、なにかあったら、よろしく。

初めはあっさり聞き流したが、(待てよ)と思った。

戦時中、または戦後もある時期まで、御用聞《ごようき》きというものがいた。大体《だいたい》は魚屋だが、経木《きょうぎ》に筆で記した品書きを持って勝手口に現れる。毎日、魚を食べるわけではないから、「今日は間に合ってるわ」と断る。すると、魚屋は、「はい。じゃ、また、なにかあったら、よろしく」と言って、帰ってゆく。

この言葉と同じなのである。ぼくは言葉に神経質な方だと思うが、一九六〇年代半ばより前は、こういう言葉づかいを編集者はしなかった。ぼく自身、編集者だったこともあるのだが、こんなに失礼、かつ大ざっぱな言い方はしなかった。特に〈なにかあったら〉はないだろう。冗談ではなく、知人の航空機事故死のコメント依頼の時もあったのである。

この〈なにかあったら……〉は現在でも続いている。社員教育ができない会社と考えるしかないのだが、それにしても、である。御用聞きの消滅と関係があるのかどうか。

現在、テレビの画面に出ているのは、例の〈ないきた〉世代の、さらにその子供たちである。〈見れる着れる〉世代とでもいうのか。ぼくはテレビを観ないことにしているし、観るべきものはほとんどない。

それでも、片岡仁左衛門の襲名ニュースぐらいは観たのだが、某アイドル、某局アナウンサーが、「仁左衛門さん」と違うところにアクセントを置いているのに驚いた。これでは土左衛門と同じではないか——と注意しても、彼らは土左衛門が何であるのかを知らないと思う。

NHKでは、〈ら抜き言葉〉に注意を払っているようだが、ここのアナウンサーならアクセントが正しいという信頼は、実は、あまりない。

だから、古手のアナウンサーがアンカー（というのですね）をつとめる「ラジオ深夜便」を四十代以上の人々が聴くわけだが、最近はこれも安心して聴けなくなってきた。どう考えても、ぼくと同世代ぐらいの人が喋っているのに、知識がアヤフヤである。特に二時台のポップス、ジャズ系の音楽のコメントが怪しい。

すごかったのは三時台で松平晃をマツダイラ・コウと読んだ女性がいたことで、歌謡曲ぎらいだったぼくでもマツダイラ・アキラぐらいは覚えていますよ。

（’98・2・5）

英会話が苦手なわけ

「え？　太平洋戦争中でも、中学校で英語の授業があったんですか？」

むかし、片岡義男さんと雑談している時に、そう訊かれた。

「ええ……」

とうなずいたものの、こうした事実は次第に埋もれてゆくのだな、とぼくは思った。

一九四五年（昭和二十年）四月初めに、ぼくは雪国に疎開した。日本でもっとも雪の深い土地だが、その年の降雪はいまだに語り草になっているほどだ。

三月末に東京の山の手の中学に入ってはいたが、一度も学校に行かぬままの転校である。敗戦直前の混乱した時は郵便事情が悪く、転校先の高田中学からは通知が一向にこない。

教科書がないので、毎日、ブラブラしていた。地主の家に転がり込んだので、土蔵には芥川全集などがあったが、ぼくは戦前の探偵小説を読んでいた。

ある日、〈登校すべし〉という葉書がきた。汽車の駅にして二つ先の高田市（現・上越市）に通うことになる。
教室に入って、あっと思った。英語の授業なのだが、黒板に書いてあるのは横文字である。ぼくはアルファベットも発音記号も習っていないから、まるで異次元であった。英語禁止の時代に、教室の中でだけ、英語を教えているのも異様なものなのだが、どういう英語かというと、例えば――、
丘ノ上ニ戦車ガイマス
アレハ日本ノ戦車デス
――である。
こんなことを英語で言う必要があるのか、敵（米英）の兵隊の会話じゃないか、と思ったのは後日で、その時は必死である。
とりあえず、アルファベット。
これは父親に習った。父親は中学中退だが、アルファベットぐらいは教えられる。発音記号は遂に習わずに終った。今でも発音記号となるとお手あげ。
致命的なのはLとRの発音である。この違いがはっきりとは分からない。
ぼく**が**悪いといえば、確かにそうなのだが、英語の教師もひどかった。つまり、英語を方言で発音するのである。〈日本の方言による英語〉というネタがかつてタモリにあ

ったはずだが、これの実践であります。

例えば、〈バード（鳥）〉を〈ブーチュ〉と発音する。方言というより、ご本人の癖なのか。

こうして、ぼくの頭は完全に混乱してしまった。

ま、教科書もひどい。

アレハ鳥デスカ、ソレトモ動物デスカ？

なんて文章がある。見ればわかるだろうが、と突っ込みたくなる。

幸い、ぼくは英語そのものは嫌いでなかった。東京の学校に戻ると、ぼくの発音で通用することがわかった。

水泳や自転車と同じで、初めに躓《つまず》くと、あとまでひっかかる。LとRはずっと駄目であった。

さらに幸いというか、一九四九年（昭和二十四年）からWVTR（今のAFN）の「ユア・ヒット・パレード」に熱中した。今でもたまに耳にする「アゲイン」や「バリハイ」が新曲として出た年で、土曜日の夜はラジオから流れる歌詞の書き取りをやる。当時はレコードが日本では出ていないし、歌詞を印刷したものもない。すべて手作りで、月曜日の朝、友達と歌詞を突き合わせて、訂正する。高二の時だが、これがけっこうプラスになった。

文法的に考えると、わからないものもあった。アーヴィング・バーリンの「ブルー・スカイズ」はなぜ複数なのか？　何人かで考えたが、わからない。結局、〈雲の切れ間から青空が幾つも見える〉という風に解釈した。

この疑問は、先日、翻訳家の友人にたずねて、やっと解けた。

大学を出て、横浜の米軍相手にハウスを貸す会社につとめると、あまりに英会話が下手なのが恥ずかしく、元町の会話学校に行ったが、上達しないので、やめてしまった。中国人の女の子があっという間にうまくなるので、いやになったせいもある。

それ以後は苦難の連続だった。スペインの空港で、イギリスの老嬢に、

「若者よ。あなたの英語は二十パーセントです。練習あるのみ」

と言われた。こちらは中年になっていたのだが、日本人は若く見られるのである。

それからロンドンへ行き、名画座の外にならぶと、映画青年に話しかけられた。この時の会話はかなり高度な映画論だったが、クサったのは「第三の男」の原題（Rがある！）が相手に通じなくて、キャロル・リード監督の、とか言わないと、相手が立ち尽していることであった。Third が通じないというレベルの低さが情ない。聞きとるのには不自由しないが、しゃべれない、というのは、なんとも不便である。これ、すべて、

〈ブーチュ〉のおかげだ、と思うことにしている。

それにしても——というわけで、片岡さんに、

「英会話がうまくなる方法はありませんか」

と訊くと、

「ありません」

という、つれない返事である。まあ、これは片岡流の日本語なのだが。

同じ質問を桐島洋子さんにしたことがある。桐島さんは呆れたのではないかと思うが、

「外人と恋愛をすることです」

と即答した。

そりゃまあ、そうだろうが、身辺の事情からしてムリな話で——いや、たとえ、ぼくが独身だったとしても、これはムリである。

だって、どういう形にせよ、女性に声をかけるためには、やはり、少しは会話らしきものができなければならず、もう、そこで駄目である。太宰治の「トカトントン」ならぬ「ブーチュ」という声が頭の中に鳴りひびき、ぼくは「エクスキューズ・ユー！」などと叫び出すのではないだろうか。

（'98・2・12）

景山さんのこと

背の高い青年だった。

今でこそ、うすらデカい若者が街に溢れているが、一九七〇年（昭和四十五年）にはこんなデカい青年はそういはいない。

喫茶店の椅子にかけて見上げているぼくは首が痛くなり、「どうぞ」と椅子をすすめた。

はい、と答えて、相手はすわったが、両掌をひざにのせている行儀のよさだ。

「失礼ですが……お父さんは右翼のほうの方ですか」

名前が気になったぼくがおそるおそる訊くと、

「関係ないです」

あっさり答えた。

景山民夫、二十二歳。

しかし、何のために現れたのかは、ついぞわからなかった。

はるか後《のち》に判明したのだが、景山さんはぼくを〈見に〉きたのである。

一九六〇年ごろ、ぼくは翻訳推理小説の雑誌を編集していたのだが——。

〈（その）雑誌がその先の僕の人生を変えたのだ……（中略）……読んでいなければ、僕は今頃、通産省の課長かなんかをやっていたかも知れないのである。〉

と、景山さんは書いている。

たしかに当時の雑誌をめくってみると、〈千代田区の景山民夫さん〉という活字がある。

〈これで自分の名が活字になって本に載る快感を知った。やはり現在の僕を生んだのは「ヒッチコック・マガジン」なのだ。責任とってもらいましょう。〉

責任をとれといわれても困るが、その時、景山少年は中三だったのである。

景山少年に影響をあたえたのは、ぼく及びぼくの雑誌よりも、青島幸男さんだったのではないか。同年生れのぼくから見ても、青島さん（今や、さんを付けるのは、なにか、面白くないのだが）の生き方は痛快で面白かった。その時代を知らない泉麻人さんが、当時の映画をビデオで観て、ちらっと出てくる青島幸男の面白さにびっくりしたというから、テレビの中の青島幸男を観ていた高校時代の景山さんが憧れたのは当然である。

全共闘世代というと、ヘルメットをかぶって、ゲバ棒で殴り合っているイメージしかないが、そういうことをしない人たちも何割か存在した。その中のまた何割かが、奇妙な芸能通、または芸能界好きになった。景山さん、高田文夫さんがその例で、青島幸男の影響だと思う。

放送作家でありながら、テレビの画面に登場するのは、一種の反則なので、青島幸男でさえ、わりに早くやめてしまった。景山さんは決してテレビ向きではなく、プロレスごっこで大きな骨折をするなど、タレントとして、どこか無理がある。良家の子弟が向かないことをやっているな、とぼくは見ていた。

景山さんは無邪気なホラ吹きでもあったようだ。

「シャボン玉ホリデー」の作者だったというが、一九六八年暮以降だというから、名前は「シャボン玉ホリデー」でも、末期のどうしようもない時であった。これなど、青島コンプレックスの最《さい》たるものである。

ギター一つでアメリカ放浪という恰好よさも、どんなものだろうか。紀伊國屋ホールの楽屋でギターをいじりながら、今日はボブ・ディランをお聞かせします、と言う。ところが、舞台ではアガってしまい、〽あー、いやンなっちゃった——と牧伸二で終った。

一九八七年初夏、京都ホテルで寝つけぬままに、テレビのリモコンを押していた。

他局はすべて終っているのに、一局だけ演芸をやっていた。なんと景山民夫・高田文夫コンビで、大阪の観客を前にして、早口の漫才をやっているのだが、観客はしーんとしている。

（東京以外でもやってるのか）とぼくは驚いた。漫才が終ると、司会役のやしきたかじんが出てきて、二人に「笑わんのはお客のレベルが低いからで、気にせんといてください」と凄いことを言った。

（景山民夫は大丈夫かな）

ぼくは思った。


「遠い海から来たCOO」で直木賞を得てから、おびただしい数の本が贈られてきた。

ぼくが感心したのは、サイパンで玉砕した兵士の霊が現代の若者たちにとりついてしまう短篇である。ホラーではあるが、戦時中の子供であるぼくには〈リアル〉な話だった。

景山さんのエッセイは端正な文章で書かれている。しかし、よく読むと、（嘘だろう……）という部分がある。恰好が良過ぎる。読者へのサーヴィスなのだろうか。

ぼくの知る限り、景山さんは彼の複雑な〈家庭の事情〉を小説にしなかった。上昇志向の強い作家だったら、必ず書いたであろうことを断乎書かなかった。

「ぼくってシャイだから、と言う奴は、絶対にシャイじゃない」

という東京の山の手生れの気骨を通した。

では、なぜ、ぼくが彼の〈家庭の事情〉の一端を知っているかというと、彼みずから雑誌「宝島」の小さな笑いのコラムに書いていたからである。

ここらが景山さん独特の〈バランス感覚の欠如〉であろう。

景山さんと東京生れ同士の楽しい対談をしたことがあるが、家庭の話など聞いたことはなかった。対談が終り、二人だけになると、景山さんの観察眼はやはり作家のものだと思った。鋭い人物評が次々に述べられた。

ある日、新作の冒険小説とともに宗教の本が送られてきて、ぼくは景山さんから遠ざかった。ぼくの母方の祖母が某宗教の熱心な信者だった体験から、カミサマ方面はすべて遠慮することにしている。

宗教に入ってからも、マスコミ人景山民夫はテレビやラジオに出、いろいろとサーヴィスをしていた。使い分けをするつもりだったのだろうが、本心は宗教にあったとぼくは思う。不幸な焼死の知らせをきいて、まず想い出したのは一九七〇年冬の出逢いだった。

（'98・2・19）

むかしも今も

〈亡き父との二人三脚
挫折越え「天才」開花〉

長野オリンピック四日目、スピードスケート男子五百メートルで金メダルを獲得した清水宏保選手の快挙を伝える某大新聞の見出しである。

一体、いつの時代にいるのか、という気持になった。今は大東亜戦争（太平洋戦争）の真只中なのか？

この見出しなど、少し文字を入れかえれば、そのまま、戦争中でも使える。

〈亡き友との二人三脚
死線越え「天才」帰還〉

本当は「天才」を「英霊」とすると、もっと気分が出るのだが、清水選手に申しわけない気がして、自粛したのである。

長野オリンピックは裏がスキャンダルまみれであり、いずれ、それらがどっと活字になるのだろうが、そうしたこととは別に、マスコミの横一列の報道姿勢は、紀元二千六百年の馬鹿さわぎ、一九四一年十二月の開戦直後、そして一九六四年の東京オリンピックを、いやでも想起させる。

そりゃあ、ぼくだって選手の金メダル獲得の瞬間はすばらしいと思うし、それがかわいい女性だったら、よけいそう思う。（女子の選手はきれいでなければならないという傾向が、近年、いよいよ強くなったように感じられるのは小生だけでしょうか。）

しかし、あの報道の仕方はなんとかならないだろうか。

冷静で客観的なアナウンス、コメントというのが出来ないのだろうか、日本人は。

特に、テレビはすでに絵がうつっているのだから、別にワイワイ言う必要はないのである。しかも、困るのは、アナウンサーの主観を押しつけてくることである。競技直前の選手の内面なんて誰にもわかるはずがないのだが、その〈内面〉を脇から〈描写〉するから恐れ入る。

清水選手がじっと神経を集中させているのを見て、

――母、二人の姉、そして亡き父のことを思っているので**しょう**。

これはＮＨＫ衛星放送のアナ。どうして、そんなことがわかるんだ、おまえ？

――高校のとき失った天国の父を思っているので**しょう**。

くりかえすな、推測を！

金メダルを得たあとで、さらにしつこく、

――ようやく、喜びを嚙みしめていることでしょう。

臆測でものを言うな！

つまり、現実をこういう形でしか切りとれない発想の貧しさ。それが（ぼくが記憶している範囲内でいえば）、一九四〇年の紀元二千六百年祝典から続いているのである。約六十年間、発想が不変ということは、二十一世紀になっても、まず変らないと思う。


それでも、長野市でオリンピック反対のデモがおこなわれているのが、競技の合間に、テレビのニュースで報道される。ラジオでも批判的な番組が流されることがある。世の中には金塗《まみ》れの今のオリンピックに反対する人々、まったく興味のない人々も存在するのだが、彼らは〈非国民〉だというのが今の日本のマスコミの姿勢である。

狭い国で（教育テレビを除いて）チャンネルが六つあり、それらが視聴率競争をするから、こうした騒ぎになる。そして、ＮＨＫを除く五局がそれぞれ新聞社と直結していて、局だけでなく、新聞社の面子《メンツ》戦争につながる。広いアメリカでさえ、三つか四つの大ネットワークなのに。

長野オリンピックのために、名護市の市長選挙、大蔵省役人の接待汚職、さらにアメリカ主導の対イラク軍事行動などの問題は霞んでしまった。

本棚に毎日新聞縮刷版〈東京オリンピック記念号〉がある。

一九六四年当時にもらったもので、ぼくはちゃんと見てはいなかった。

あらためてパラパラと見て、びっくりした。ふつう、縮刷版というのは月ごとに出るものだが、これは十月十日の開会式に始まり、閉会式の翌日、二十五日までしかない。文字通り、オリンピックだけの縮刷版なのである。定価は九百円。

テレビ欄を見ると、局によってばらつきがあるが、朝の四時半から深夜までオリンピックの中継、録画一色である。（フジテレビの「ミュージック・フェア」だけは頑固に放送しているのがおかしい。）

見出しの戦時色《せんじしよく》も現在と変らない。

〈よくぞ円谷！　闘志の〝日の丸〟〉

〈文句なし世界最高　日本の底力に敬意〉

〈ついにとった金メダル　ソ連と白熱の名勝負〉

〈鬼でもない、魔女でもない　泣いた、みんな泣いた〉

〈気力で果した〝夢〟　先輩に恩返しが〉

当時、新聞社の中堅は〈戦中派〉であるから、戦時中の見出しに似ているのは仕方がないか。しかし、とうの昔に払拭《ふっしょく》されたはずのカーキ色のメンタリティが前面に出てきたのが非常にこわかった。

住んでいた場所が競技場がある神宮外苑のとなり町ということもあり、ヘリコプターの乱舞がうるさく、テレビがうつらない。

あまりの騒々しさに家族と京都・大阪へ逃げたのである。今、長野の自然破壊が問題になっているが、東京の山の手を破壊したのは東京オリンピックであり、反対した家は文字通り、〈非国民〉扱いされた。オリンピックなどやるものじゃない。

この原稿を書いているのは六日目で、昨日、里谷多英選手が女子モーグルで金メダルを得た。

それじたいは誠にめでたいが、アナウンサーは、

――昨年七月、コーチだったお父さんを亡くしたのです。

と〈解説〉し、こうつけ加えた。

――お父さんのお通夜の時も練習にはげんでいました。以来、彼女はお父さんの写真を首にかけております。

今日の某大新聞の見出しはこうである。

〈父の遺影胸に急斜面を一気〉

戦時中なら、こうなっただろう。

〈友の遺影胸に急降下爆撃へ〉

（'98・2・26）

ラジオ・デイズ 1998

ニュース以外、ほとんどテレビを観ないぼくが、珍しく、オリンピックのフィギュア・アイスダンス自由を観ていたら、会場の照明がダウンした。競技中にダウンして、あとの2ペアは待たされている。この状態が二十分以上。NHK衛星放送の解説者は「こんな場面を見るのは初めてですねえ」と言った。照明がどう故障したのかというアナウンスもない。

相川俊英の「長野オリンピック騒動記」を読んでいたから、べつに驚きはしない。「金と女を使わないとダメです」と韓国人Kが長野五輪招致委員会の副会長に教えた結果の、これは一例である。たぶん、物凄い事実がこれから浮上してくるだろう。

オリンピックはぼくの好きなラジオの世界をめちゃめちゃにした。ラジオのレギュラー番組を飛ばされるのがもっとも困る。〈金と女〉で始まった長野五輪など、テレビに任しておけばよいのだが。

ぼくの一日はラジオのニュースで始まる。えのきどいちろうの番組の水谷加奈アナの陽気な声を耳にするとホッとして、プログラムの終りのニュースを聞く。

そのまま、「本気でDONDON」というすぐれた情報番組につづくのだが、これは文化放送なので、関東エリアの読者にしか話が通じないかも知れない。「本気でDONDON」は前日の、又はその日のニュースについて、裏側をしつこく調べる番組で、あまり類がなく、月曜日のゲストの田中康夫の毒舌が光る。

もっとも、こちらも、顔を洗ったり食事をしたりするので、全部を聞くのはなかなかむずかしい。昼のNHKテレビのニュースは〈大本営発表〉として一応は観て——。

午後一時から四時までの「吉田照美のやる気MANMAN」（文化放送）はこの時間帯の王者である。一九八七年四月三日に、夜の放送の最終回を終える吉田照美が昼に番組をやると語った時、こんなに成功するとは思わなかった。（ぼくは最終回の夜のテープを持っている。）他局のエラい人にこの怪物番組の話をすると、あれは相方《あいかた》がいいんだ、と片づけられてしまうが、ぼくは違うと思っている。吉田照美の声は奇声のようにもきこえるが、「あの声は〈強い〉のです」とNHKのあるテレビプロデューサーが解説してくれた。オーソドックスなナレーションをやっても〈強い〉という意味である。

四時になると局をかえる。TBSの「荒川強啓デイキャッチ」。三つの盛り場で通行人にきいて、その日のニュースのベストテンを選ぶのだが、最新のニュースと市民の反応が、とりあえずわかる。以前は四時半だったが、あまりの好評に四時にくり上った。荒川強啓の声はあくが強く、アシスタントの女性がもっとあくが強いので閉口することがあるが、山藤章二、宮台真司と、コメンテーターが多彩で、賛成かどうかは別として、テレビとはちがう彼らの本音の意見が面白い。

ウイークデイのプログラムでいうと、月曜日はJ−WAVE深夜一時からの加藤〈ほんわか〉紀子のアクロス・ザ・ビューがくつろげる。加藤紀子ののんびりした喋りとボサノバ、フレンチ・ポップスという選曲が深夜にふさわしい。

火曜の夜中は、以前は「松村邦洋のオールナイトニッポン」を聞いていたのだが、去年からTBSの「爆笑問題のUPS」にかえた。一月末に東京の博品館で年一度の緊迫した八十分のトーク・ライヴを終えた二人のくつろいだお喋り。田中裕二が武者小路實篤を、太田光《ひかり》が太宰治を読んでいたというのが、あまりにも当り前に思えておかしい。往年のたけしを凌《しの》ぐこの二人の攻撃的な笑いは、本当はラジオ向きではなく、ラジオでは毒をやわらげている気がする。

この時間帯（深夜一時〜三時）は、後半がNHKの「ラジオ深夜便」のポップスの時間にぶつかり、カーメン・キャバレロの特集などやられると、思わず、そっちにまわすこともある。

「ラジオ深夜便」についてはあとまわしにして話を続けると、土曜の夜は「ドリアン助

川の正義のラジオ ジャンベルジャン」をきく。現実の凄まじさに心をうたれることの多い番組だが、もう十九歳を〈少年〉と呼ぶのがナンセンスなことがよくわかる。昔風にいえば、少年少女の電話での人生相談であり、日本社会の荒廃が手にとるように視《み》えてくる。

日曜は忙しい。TOKYO-FM、午後二時からの山下達郎の番組はほぼ聞いているが、正月には大瀧詠一の「マイ・ブルー・ヘヴン」が聞けて、なんだか得をした気持になった。「幸せな結末」と同じ頃に録音したもので、発売はしないという。

三時から一時間休んで、四時〜五時が伊東四朗・吉田照美の「親父パッション」(文化放送)。戦時中の生れの伊東と戦後生れの吉田、それに若い水谷アナが一つのテーマについて語るという番組だが、笑いの中に、これからのリスナーの層が見えてくる気がする。つまりは高齢化社会のリスナーたちである。

この点を意識しているのはNHKであって、ウイークデイの夜九時半からは玉置宏がえらぶ落語の三十分番組があり、複数によるニュースが一時間あって、十一時から「ラジオ深夜便」になる。

曜日によってアンカー(パーソナリティ)がかわり、それぞれの癖があるのだが、二時からのポップス・タイムは〈飯田久彦・梅木マリ特集〉といったヒットを放つことがあるので注意を要する。

三時からの一時間は日本の歌で、〈コミック・ソング特集〉を何度もやっている。選曲する人の腕の見せどころだが、エノケンの時は、戦前の歌は当時のレコードを使うのが正しい。（戦後に吹き込み直したものは歌詞が変っているので、すぐにわかる。）どうでもいいことだが、伴淳三郎というと決まって「アジャパー天国」をかけるのも困る。これからは、「名探偵アジャパー氏」の主題歌にするように。

いずれにせよ、ラジオのリスナーは「ＳＰＥＥＤ」のファンに代表されるより低年齢化した層と、六十、七十では若過ぎるという高齢者層に二分されると思う。プレスリーが生きていると六十三歳、という事実を踏まえれば、「ラジオ深夜便」や「親父パッションン」のリスナーは、月日と共に増加すると予想される。

（'98・3・5）

セレモニー下手と「男はつらいよ」

ほとんどテレビを観ないと言いながら、長野五輪の話をするのは妙だけれども、ま、アタクシはショウ、見世物、歌舞音曲《かぶおんぎょく》のたぐいが好きですからね。アイススケートやセレモニーは〈ショウ〉として観ております。

というのも、四年前のリレハンメル五輪の閉会式の見事さ、洗練度が目に焼きついているからでしょう。あの色づかいは鮮やかだった。

長野五輪の開会式は完膚《かんぷ》なきまでに批判された。特に伊藤みどりのけったいな衣裳での小林幸子ぶり、濃すぎるメイク、それから五つの都市を結んでのベートーベン第九——これはまあ叩かれても仕方がない。「紅白歌合戦」と「ゆく年くる年」の部分をつなげたようなものであった。

何をつなげてもかまわないのだが、発想の根本が陳腐なのである。開会式とか閉会式といったセレモニーは、世界に中継される限り、ショウとしての構成がしっかりしていなければならない。これがまた、日本人のもっとも不得意なところである。不得意というよりも、感覚的に欠如している部分かも知れない。

今でこそ「ゆく年くる年」はＮＨＫでしかやらないが、かつては民放テレビでもやっていたのである。民放各局が持ちまわりでやったのだが、その構成の末端にぼくがいたのは三十年ぐらい前だろう。あれは系列局の顔を立てるのが大変で、夏ごろから準備を始めるのだ。

系列局が持ち出してくるのは、その地方地方の踊りとか祭りである。歳末だから鐘の音がいるし、自衛隊によるスクランブル飛行もありだろう。という風につなげていくと、時間一杯になってしまう。

長野五輪のセレモニーで感じたことは、この〈三十年前の感覚〉である。いや、もっと古いかも知れない。森山良子には申しわけないが、この辺りの歌手を出してくることじたいフシギという他ない。

しかし、ぼくは本当に呆れているわけではない。ごたごたする長野五輪の記事を見ていたし、演出家に〈世界に通用するショウ感覚〉があるとも思っていなかったからである。所詮は島国、いや山国《やまぐに》のイナカ五輪ではないか。リレハンメルだってイナカ五輪なのだが、美的感覚で世界中を魅了した。日本のイナカ五輪はイナカの祭りにとどまる——そんなものだろうと思っていた。ただし、税金の無駄づかいだが。

で、閉会式である。

ぼくは萩本欽一が心配なので観たのだ。戦後の喜劇人で、ぼくが天才と感じたのはデビュー後数年の欽ちゃんであり、名人と思うのは藤山寛美である。

欽ちゃんがみっともなくなると困るな、というのが正直な想いだったから、〈サンタクロースに化けたベンジャミン伊東〉みたいな欽ちゃんが登場した時は、ひやっとした。獅子舞いやら何やらの進行役をつとめる欽ちゃんはただ気の毒であった。ここはひとつ、坂上二郎とパントマイムのコントを演じるように演出家は考えるべきだった。そうすれば、聖火が消える時に、坂上二郎が「消えます、消えます」と叫び、日本人の笑いはとれただろう。この五輪には、そうした古いギャグがふさわしかったのではないか。

五輪旗を持った長野市長は倒れそうで、いかにも恰好が悪かった。ソルトレークシティの女性市長が恰好《かっこ》いいので、日本人の恰好悪さがよけい目立つ。さあ、次はソルトレークシティだというので、駅馬車とカウボーイの群れが登場したとたんにテンポが良くなった。これだって、本当は、アメリカのイナカの演物《だしもの》なのだが、見世物にはなっている。

最後の歌でようやく盛り上りかけたが、その前の杏里の歌も「ふるさと」(!)ではなく、ワールドワイドの歌にすべきだったとぼくは思う。テンポを早めた「スキヤキ」

とか、考えれば、いくらでもあると思う。そこを考えるのがプロデューサーの仕事ではないだろうか。

テレビの場合、セレモニーは二重になる。

画面の中にセレモニーがある。そのセレモニーを観ながら、アナウンサーがテレビの中でトークを交すのも、セレモニーの一種であるが、日本人はこれが絶望的なまでに下手だ。

アカデミー賞、トニー賞（演劇）、グラミー賞（音楽）の衛星中継を観るとわかるのだが、海の向うでCMが入る時間の穴埋めに日本人のトークがはさまる。このトークのレベルが低い。

数年前、トニー賞の時に、「美女と野獣」に多くの賞をとって欲しいと何人かが口にするので呆れかえった。伝統のあるパレス劇場をディズニーランドにしたと批判された「美女と野獣」は、子供づれの客相手のディズニー製ミュージカルで、お上りさん相手のシロモノである。こんなものはブロードウェイでは通用しない、といったコメントがあるべきはずなのに、アニメで観た「美女と野獣」が舞台になったといって喜んでいる。ミュージカルの歴史のABCを知っていれば、こんな発言はできないはずだが。

三月末にアカデミー賞の授賞式があるが、このセレモニー自体、プロデューサーと司会者（近年はビリー・クリスタルが多い）によって出来が左右される。そして、向うのCMの間、正装した日本人がつまらぬ予想を立てたりするので、うっとうしい。

長野五輪にもどるが、テレビ局側のセレモニーでもっともうまくいったのは、意外にも、テレビ朝日の長嶋一茂・三奈の兄妹コンビだった。

なにしろ、一茂はウクライナのスケート選手に向って、

「ウクライナの人は、朝からウオッカを飲んで、キャビアを食べているのですか」

というとんでもない質問を二度もくりかえして、相手と通訳を苦笑させる。

「ここでCMです」

うんざりした三奈がさっと切り上げる。この愚兄賢妹《ぐけいけんまい》コンビの呼吸が良い。

思えば、日本人は愚かしい兄と気のまわる妹のドラマに三十年近く親しんできたのである。「男はつらいよ」がそれだが、渥美清亡きあと、このドラマの精神をひきつぐのは長嶋兄妹以外にはいない。

そういえば、松竹で映画になる以前《まえ》、フジテレビでテレビ版の「男はつらいよ」が計画された時、最初の題名は「愚兄賢妹」だったのである！

（'98・3・12）

「天才伝説　横山やすし」の内幕

有名人が亡くなると、故人生前のゆかりの人たちのコメントを集めるうるわしい習慣が日本のマスコミにはある。

ぼくは電話によるコメントはしないようにしているので、すべて遠慮する。しかし、渥美清の時など、ノーコメントといったら、「コメントできないほど悲しいです」というコメントになって出ていたので苦笑した。

横山やすしが亡くなった時、ぼくが知り合いであるのを知っている人はいないはずなので、安心していると、某大新聞の見知らぬ記者から連絡があって、これは文化の問題であるから長い文章を書けという。記者と話合いをした上で、夕刊にしては長い文章を書いた。

とはいえ、横山やすしについて一冊の本を出すなど、考えてもいなかった。

オウム真理教の事件以後、ぼくはフィクションを、読むのも書くのも、虚《むな》しくなっていた。娘の一人がわずかの時間差で霞ヶ関での殺人を免れたせいもある。そこいらの心理的手つづきを書くと長くなるので省略するが、若干の例外があるとはいえ、ノンフィクション、評伝、自伝を読んで暮した。

横山やすしといえば、数年前に藤山寛美についての連載を「週刊文春」にしたあと、やすしについても書くと約束したらしいが、すっかり忘れていた。やすしが吉本をクビになった後だから、時期が悪いと判断したのだろう。

今回は、すべてを実名で書くと決めるまでに、少々手間がかかった。これは、もっぱら、ぼく自身の内部のモンダイである。

昨年の春から連載が始まると、吉本興業内部の人から手紙がきて、大阪には多くの〈やっさん本〉があるが、これはモノがちがう、と書いてあり、大いに励まされた。いわゆる〈やっさん本〉はぼくも大半、目を通したつもりだが、やすしを〈人情家、天才、不幸の連続〉というキーワードで片づけるために、どういう人間なのか、まるでわからない。大阪だけの小さな賞のことはくわしく書いてあるのに、「久米宏のTVスクランブル」という大ヒット番組には全く触れていない、といった片寄りがある。

「天才伝説　横山やすし」（文藝春秋）を読んでくれた人にはわかって貰えるかと思うが、ぼくが特に書きたかったのは、次の三つの場面である。

1　突然、ぼくがやすしの家に〈拉致《らち》〉されるところ。

2　銀座のホテルの一室で、やすしが突然泣き出すところ。

3　映画が完成したあと、クラブで酔っていたやすしが突然、醒《さ》めた声を出すところ。

こうしてならべると、いずれも〈突然〉という文字が入る。やすしという人は、次の瞬間、何をやるかわからない人であり、それが魅力だったとも思う。

実名が多く出てくるので、読者の気が散るのを恐れて、名前を伏せたケースもある。やすしに焦点を当てるために、芸人の名は特に伏せた。月亭八方の場合がそうである。一九八一年、ぼくは月亭八方の落語をきくために大阪へ行った。その後、東京でもきいている。いずれも長い噺《はなし》である。

八方は「男はつらいよ」シリーズのどれかに出た時の話をして、ぼくの「唐獅子株式会社」が映画化される時は、

「私にできる役が、どっかにあると思いますけど……」

と言った。

ぼくは八方が好きなので、映画化が決まった時、プロデューサーにその旨を伝えた。ところが、主演のやすしが八方を拒否した。

月亭八方はものすごいヘヴィスモーカーで、煙草のけむりで四十度の発熱をするぼくは、翌日の病院行きを覚悟して、彼の話をきいたことがある。大阪名物野球トバクの話

で、東京にはそういうモノがないから、同席した東京の落語家二人も興味津々《しんしん》であった。狭いスナックのけむりの中で、数時間、八方の絶妙の座談に耳を傾けた。

横山やすしは煙草ぎらいである。大阪の寄席の楽屋で、プカプカやっている八方に煙草をやめろと言った。八方はカチンときて「自分の銭で買《こ》うた煙草を吸うて悪いか」と言ったとかで、険悪な状態になった。

それを覚えていたやすしは、あの男は困る、と言い出した。すでに撮影に入っていたので、やすしの説明をきくまでもなく、ぼくは諒承した。

しかし――なんとなく月亭八方に借りができたようで、いまだにそういう気分でいる。

やすしが毎日、床屋へ行くのは有名である。

大阪には行きつけの床屋があるので問題がないが、東京では必ずしも彼の思い通りにならない。

新宿の京王プラザの理容室に、ぼくは二十年以上通っているが、店長の話では、やすしがきた時は注文がうるさくて大変だったという。

調髪だけではなく、やすしは身《み》ぎれいを心がけた。

東映撮影所の控え室では、「こういうものが写ると見苦しいからな」と、みずから鼻毛を切っていた。

スタジオに向う前には、何度も等身大の鏡に向って、髪の毛のはね具合を気にしていた。

思えば、この時、やすしはかなり白髪になっていて、髪を染めていたはずである。そんなことには全く気づかなかった。

鏡に向って、時々、「久米の奴が……」と呟いたのは、「久米宏のTVスクランブル」で共演していた相手のことだろう。突っ込み役の久米宏をどうやって困らせるかを考えていたふしがある。ちなみに、この二人は同じ一九四四年の生れである。

本の中に書かなかったことで、日を追って痛感するようになったのは、たとえそれが古めかしく、アナクロニズムに見えたとしても、〈漫才道〉という一つの道を信じて疑わなかったやすしは立派だったという一事である。彼が自滅したのは全く別の理由によるという考え方もできる。ちゃらちゃらした今様《いまよう》のテレビタレントの大群を見ていると、つくづくそう思う。

横山やすしが本当に〈天才〉の名にあたいするかどうかは、ぼくがいうべきことではないだろう。読者に判定して頂ければ幸いで、ぼくは材料を提供したにすぎない。

（'98・3・19）

乱歩と三島

一人の青年が熊本の書店で三島由紀夫の「仮面の告白」を手にする。〈何気《なにげ》なく手に取〉ったのだが、青年は〈体内に、毒物にも似た丸薬が投げこまれ、それが溶けながらみるみる青い泡をふき上げ、全身にひろがってゆく〉ように感じる。

一九五〇年（昭和二十五年）夏、青年の名は福島次郎、二十歳。手にしたのは河出書房版のハードカバーである。

〈『仮面の告白』の主人公と同じものが私にあることは、幼稚園の頃から意識していた。〉

なるほど、そういうものか、とぼくは思った。

青年は一九四九年夏に出版されたハードカバーを手にしたのだが、驚くべきというか、一九五〇年夏には「仮面の告白」はもう新潮文庫に入っている。ぼくの手元にあるのは、六月二十五日発行の一刷で、定価は七十円。この値段でなかったら、高三で受験勉強真只中のぼくには買えなかった。

それにしても、「雪国」や「放浪記」といった〈古典〉オンリーの新潮文庫に、わずか一年で「仮面の告白」という話題作が入ったスピードは、なにやら不気味である。あとにして思えば。

当時は、そんなことは考えない。映画少年のぼくが買ったのだから、クラスの文学少年はみんな買った。中には、たちまち本の影響を受け、同性愛者のふりをしてみせる者もいた。日本人が〈珍しいもの〉に弱いのは、今も変らない。

その気（け）のないぼくは、この小説を〈告白〉と読むべきかどうか迷った。たよりとする巻末の解説は新文学についての第一人者、福田恆存であるが、解説を読んでも、〈豊穣《ほうじょう》なる不毛〉という最初の一語以外、なんだかよくわからない。

ごく単純に読めば、これは同性愛者の告白なのだが、そう読んでは間違いではないかと迷ってしまう。これは〈芸術家小説〉ではないだろうか？　こうした迷いは「仮面の告白」という題名のためで、作者の罠にひっかかったことになるのか。

「三島由紀夫　剣と寒紅」をぼくは「文學界」四月号で読んだ。

これは全体の半分ぐらいらしいが、作者の福島次郎が、

〈世評が高いという村松剛氏の『三島由紀夫の世界』を読むと、著者は、なにがなんでも、三島さんにはホモ・セクシュアルの気は一切なかったと弁明しようとして

いる。親友のよしみでそう言っているのだろうが、私には不自然さが感じられた。

そんな形で三島さんの名誉を守ろうとしている感覚自体、私にとって一種の差別意識だと思われた。〉

と怒りをあらわにしているのを読み、そうか、三島由紀夫に関してはまだタブーになっているのか、と思った。厚い「三島由紀夫の世界」は読んでいたが、そこらはさっぱり忘れ去っていたからである。

ある時から、ぼくは三島作品を同性愛者の書くものとして読んでいた。すべて、リアルタイムで読んだが、意識したのは「鏡子の家」あたりからであろう。

そのころ、ぼくはいつ潰れてもフシギではない小出版社につとめていて、金主《きんしゅ》は晩年の江戸川乱歩だった。

大乱歩が人を接待するとなると、まず赤坂の高級料亭。そのあとは銀座のゲイバーである。小出版社には金がないが、乱歩の接待は自費ときいた。テレビの「少年探偵団」がヒットしているので、その説はうなずけた。

ゲイバーは有名な店で、五十歳以下の男は、三島由紀夫と誰々《だれだれ》の二人しかこない、と若い子が言う。ぼくは二十六歳、小柄だが、四十キロ台で、色が白いから、身体じゅうを触られる。今風にいえばセクハラに近いのだが、接待する側だから静かにしていなければならない。

接待の相手は女好きそうな中年の新聞記者であるが、いつの間にか、男の子の手を握っている。

「人間、こんなものだよ」

と乱歩はぼくに囁《ささや》いた。

そういうものかどうか、ぼくには分からない。

乱歩は六十代で、体調が悪く、基本的には無表情、不機嫌であった。仕事の話をしている時、ふと、歌舞伎役者その他、ホモ・セクシュアルの人々の噂を口にしたが、その中に三島由紀夫の名前があった。

三島由紀夫は乱歩邸での新年会にきていたが、ある年、三島、態度がデカいぞ、とからむ男がいて、以来こなくなったと推理作家の日影丈吉さんからきいた。

「三島由紀夫　剣と寒紅」を読んでいて、いろいろなことを想い出した。

虎ノ門病院で初めて見かけた三島由紀夫の深海魚のような肌の色。田村町のステーキハウスで大声で喋り、笑っている姿。「ヴァージニア・ウルフなんか怖くない」の幕間《まくあい》で評論家に「なかなかいいじゃないですか」と語りかける声。いずれも公《おおやけ》の場でのさっそうたる姿である。

一方、福島次郎によって描かれた三島は、ひどく不器用である。それは或る程度、想像されたことだが、実に生き生きと描かれていて、そうだろうな、と思わせる。

福島をホテルに誘った時、手さげラジオを持ってくるのが、まずおかしい。ムードミュージックを流すためなのだが、〈アタッシェケースほどの大きさ〉だから、運ぶのが大変である。

海へ行っても泳げない、というのもおかしい。

これは一九五一年（昭和二十六年）、「禁色《きんじき》」とエンタテインメント「夏子の冒険」を同時に書いていた時なのだが、実体験によって「禁色」のプロットが変化してしまうところが実に面白い。

惨めな実生活と絢爛《けんらん》たる「禁色」の世界との距離――これが作家の姿なのである。ぼくは三島作品のファンではなく、どちらかというと評論の愛読者なのだが、「禁色」のころは熱心に読んでいたので、その点を痛感した。

三島由紀夫は「金閣寺」から急に神格化されたが、ぼくはそれ以前の陰気な「鍵のかかる部屋」あたりが好きで、「金閣寺」以後では「美しい星」が好みだ。

評論の分野でいえば、日本で唯一の世界的な作家谷崎潤一郎を、感覚的及び論理的に把握していたのは三島由紀夫だけだった、と今にして痛感する。

（'98・3・26）

当世タクシー事情

車を持たないぼくは電車と地下鉄を乗り継いで都心に出る。タクシーに乗りたい時もあるが、あいにく、わが家の近くではタクシーがひろえない。ハイヤーという手もあるが、これはとんでもなく高い。

新宿あたりで買物をして、家に帰る時はタクシーに乗る。アルコールが入ったりしたら、まず絶対にタクシーである。

電車専門のぼくにとって、タクシーは高く感じられる。以前は、そうも感じなかったのだから、頭の中が節約モードになったのであろう。先ごろ、本誌に野坂昭如さんが書いておられたので笑ってしまったが（失礼）、つねひごろ、「贅沢《ぜいたく》は敵だ」「ガソリンの一滴は血の一滴」と呟いているぼくが、安易にタクシーに乗るのはいかがなものかという気もする。

で、とにかく、タクシーに乗る。

タクシーの世界では一九六〇年以来の変化がおこっている気がする。一九六〇年というのは、ぼくが気楽にタクシーに乗れるようになった時であり、他の意味はない。

先ごろ、渋谷の東急プラザの向い側の乗り場でタクシーに乗った。

「六本木方面に行ってください」

と言うと、運転手は、

「前の道（国道２４６号）をどっちに曲るのですか？」

と自信なさそうに言った。つまりは六本木を知らないのである。

これはかなり驚くべきことであった。

名古屋でいえばお城を知らず、大阪でいえば通天閣を知らず、神戸でいえばポートアイランドを知らないのと同じである。

「左に曲って」

走り出しているので、ぼくはそう言ったが、不安になる。そーゆー人間がタクシーを動かしているのだ。

「ガードをくぐって、まっすぐ行って」

「はい……」

妙に口数がすくないのが不気味だ。これからは「六本木方面、わかりますか？」と念を押して乗らなければならんのか。

そういえば、去年の暮、いや秋の終りごろから、タクシーに乗ると、必ずといっていいほど、違和感があった。とにかく、道を知らないのである。こんなに道を知らない車が増えたのは一九六〇年以来初めてといっていい。

「そうですよ」

と、数日後に、べつな運転手が教えてくれた。

「会社は断りませんからね、入りたいっていう者を。東京の道をまったく知らなくても採《と》りますよ。もっとも、私も一年前にこの商売に入ったんですから、大きなことは言えませんけどね。……ええ、道は知ってますよ。配達やってたんですから。リストラでばっさりやられたんです。このところ、私みたいなのが、どっと入ってきたんでね、そりゃ混乱しますよ」

この時の会話で色々なことがわかった。

1　リストラで職を失った者がとりあえずタクシーの運転手になる

2　地方からの流入者は、当然ながら、まるで道を知らない

3　不況で下町（といっても足立《あだち》方面の話だが）の人が車に乗らないので、新宿に足立ナンバーの車が目立つ

とにかく、タクシーに乗るたびに、何かがおこる。

ぼくは年輩の運転手を信用するくせがある。そういう人たちに東京の道の成り立ちを

教えられたことが、かつてはあったのだ。

が、これも今となってはアブナい。新宿で「水道道路を行ってください」と言ったら、井ノ頭通りへ連れて行かれそうになった。この場合、井ノ頭通りが昔は水道道路と呼ばれていた事実があり、だから老人が全く間違っていたわけでもない。老人であるがゆえのミスというべきか。

とにかく、東京は莫迦《ばか》な役人どもが地名をいじり過ぎた。霞町《かすみちよう》といえばすむところを〈西麻布〉にしてしまった。材木町が〈六本木六丁目〉である。

表参道へ行って、というと、地下鉄の〈表参道〉駅（以前は神宮前という駅名だったろうが！）へ連れて行かれるので、「ラフォーレ原宿の辺り」と言わなければならない。あの交差点のそばに住んでいた人間としては、まことに面白くない。昔を知っている人間も混乱するのだから、昔も今も知らない運転手が迷うのは仕方がないところがある。仕方がないのだが、そこはプロなのだから、もう少しプロらしくして欲しい。

もう一つの変化は、運転手がやたらに怒っていることである。それはもう、怖いくらいだ。

「夜の銀座で客なんかひろえませんよ！」

という、不況にともなう古典的な怒りにはそう驚かない。が、運転手たちがこれほど政府・役人を憎悪、呪っている時代は、初めてである。

日本の大新聞・テレビの報道は戦時中の〈大本営発表〉と同じであり、週刊ポスト、現代、新潮、文春の四誌と日刊ゲンダイの初めの三面を読まないと、裏で何がおこっているのかが分からない、というのがぼくの持論だが、もう一つラジオがあったのだ。ラジオではニュースを伝える人が「日銀は一度解体しないと駄目でしょう」とつけ加えるのはフツーであり、これを聴いているのは、なんといっても、タクシー・ドライバーの大群である。

——橋本首相みたいなのを〈油壺《あぶらつぼ》から出たような二枚目〉っていうのかね。ポマードだけじゃなくて、顔までテカテカヌラヌラしてるだろ。

——クリントンに電話で脅されてますけど、例の中国女性の方はどうなったんですかね。新聞は一切とり上げませんね。

——この間、大蔵省の役人を乗せてよ。じっと話をきいてたら腹が立ったね。こんなこと言ってるんだよ……（以下省略）。

——あの日銀総裁（松下某）は×××イだね。こんな低金利じゃ、われわれ、最低生活もできやしねえ。それで、自分の退職金だけはがっちりとるだろうし。

——若い連中は怒ってないんだね。デモのやり方も知らないんだ。日本経済のつけは連中にまわるんだがね。

――日本じゃ人を殺した方が得するね。オウムの連中だって刑は軽いしな。なんたって終身刑がないのがおかしいいね。

すべて、おっしゃる通りである。しかし、利用者としては疲れますなあ。（'98・4・2）

桜の便りとアカデミー賞

桜の便りがきこえると、アカデミー賞発表の日が近づく。控え目に書いても、アメリカ映画を五十年楽しんできた身としては、どの作品が受賞するかが気にかかる。ピーター・フォンダやキム・ベイシンガーが演技賞の候補になっているのも、やはり気になる。戦前のことは知らないが、戦後、アカデミー賞は日本のマスコミの年中行事になった。

今年の結果はご存じの通りである。「タイタニック」の受賞は当然であろう。この映画の製作のためにジェームズ・キャメロン監督が作った会社、そのオフィスの大きさ、機能の凄さをテレビで観てびっくりしたが、そのキャメロンも監督賞を得た。大金をかけて映画を作り、ハリウッド史上最高のヒット作にしてしまうのは映画作りの王道である。

ジャック・ニコルソン（主演男優賞）とヘレン・ハント（主演女優賞）の「恋愛小説家」はまだ観ていないが、「女と男の名誉」など、ニコルソンが本気でコメディ演技を演じたら抜群にうまいから、〈イージー・ライダー仲間〉ピーター・フォンダが外れたのは仕方がない。

助演男優賞がロビン・ウイリアムズというのには、わが目をうたがった。初受賞。とっくに二つぐらいオスカーをとっていると思っていたからである。キム・ベイシンガーはいい時に助演女優賞を得た。若く見えるが、いま四十四だから、これで少くとも十年間は仕事ができる。まことにめでたい。

アカデミー賞は、フレッド・アステア（「タワーリング・インフェルノ」）やローレン・バコール（去年だった）を候補にして、賞を出さないという非礼を重ねている。アステアやバコールは伝説のスターであり、彼らを軽々しく候補にするのさえ失礼なのである。今年はそういう非礼がなかったので、気分が良かった。

映画を試写で観ることはめったにない。映画館さえ年に数回行けばいい方だ。映画館には行かないが、ビデオまたはレーザーディスクで観る。

これはまあ、世の大半の映画好きと同じだと思うが、ぼくの場合はもう一つ理由があって、劇場まで足を運ぶだけの作品はすくないとひそかに思っている。映画館で観た方が目ははるかに疲れないのだが、時間がないし、プロットを楽しむB級アクションはビデオですませることにしている。

ぼくのいうB級アクションとは、キューブリックの「現金《ゲンナマ》に体を張れ」、最近でいえば「レザボア・ドッグス」や「蜘蛛女」であるが、はっきりいえば、スピルバーグの「レイダース／失われたアーク」以後、つまり一九八一年以降、B級映画の脚本がひどくなった。（「レイダース」は大作であるが、要するに〈金をかけたB級アクション〉である。）

具体的にいえば、手抜きがある。「レイダース」でいえば、主人公が潜水艦の外側につかまっていて、あれはないだろうといわれたが、ヒットしたから、批判は消されてしまった。

ハリウッドのB級アクションというのは、人物など描けてなくても、とにかくハナシは理詰めである。小さな場面があとで大きな意味をもってくる――つまりは伏線ですね。そこがきちっとしているのが取柄なのだ。

近年はそれがおかしい。劇場で観て首をかしげたのは「ゆりかごを揺らす手」、「ユージュアル・サスペクツ」であり、特に後者は脚本がアンフェアなのだが、アカデミー賞をとっている。困ったものである。審査員がミステリ映画のルールをわかっていないのだろう。

「ユージュアル・サスペクツ」のどこがアンフェアかを指摘するのは簡単である。登場人物が口にする虚偽を絵にしてはいけないのである。ヒッチコックはたった一度、このミスを犯し、「映画術」という本の中で〈いつわりの回想〉〈嘘つきフラッシュバック〉という言葉で自作を批判している。その作品名は「舞台恐怖症」。

脚本に穴があっても、スピードと大音響でいっきにみせてしまう、そのお手本がヤン・デ・ボン監督の「スピード」である。

お断りしておくが、サンドラ・ブロックをスターにしたこの映画は決して嫌いではない。今回、ビデオで観かえして、よく頑張っているな、と感心したほどだ。昔なら〈小品佳作〉といわれたものだが、しかし、穴は穴だ。

具体的に書いてみよう。

デニス・ホッパーの爆破狂がエレベーターをとめ、人質をとったところで事件が始まる。爆破狂はビルのあちこちに火薬をしかけて、警察に三百万ドルを要求する。

ロス警察のキアヌ・リーブスとその相棒は、苦労してエレベーターの人質を救出する。救出するばかりか、犯人はビルの中にいると見て、遂に犯人と向い合う。いろいろあって、犯人は爆破ボタンを押し、姿を消す。

次の場面でキアヌ・リーブスと相棒は表彰されている。「犯人はあの世行き」という台詞《せりふ》のスーパーが出て、死んだことになっている。

穴というのはここである。どう見ても、犯人が死んだとは思えない。ここは一つ、死んだらしいショットが欲しいのだが、本当に死んでしまったのでは、あとの話がつづかない。

犯人が〈行方不明〉でもいいのだが、これだけ頭のいい犯人だったら、〈代りの死体〉を用意しておいて爆破するとか、そういう手があってもよかろう。脚本家が苦労しなければならないのはこうした部分である。

ところが、穴は穴のままで、本題のバス爆破事件がおこる。のりとスピードで穴を放置したまま、キアヌ・リーブスはバスの事件にまき込まれてゆく。穴にこだわっている観客はとり残され、無視される。

バスが時速五十マイル以下になると爆発するというアイデアは、東映の「新幹線大爆破」という先例があるのだが、脚本はあれこれ小さなアイデアを詰め込んで、犯人の裏をかくようにする。まことにけっこうなのだが、穴は穴のままである。人質をとって警察から三百万ドルをとろうとした犯人がそのままにされていたというのが、どうにも納得しがたい。

そんなこまかいことはどうでもいいという人は、ハリウッド製B級映画の魅力を知らないのだろう。観客も忘れていたような伏線が持ち出され、辻褄《つじつま》がぴったり合って、エンドマーク。これが映画の楽しみの一つなのです。

（'98・4・9）

井戸端バッシング

仕事の途中でお茶を飲むために居間に入ると、テレビに午後のワイドショーがうつっていた。

正直な話、これは騒々しい。テレビ局は不況知らずだそうだが、ここだけバブルが残っているような気がする。昼間から何人もの男女が集まって、何を盛り上っているのだろうか。

その日は〈山口智子はなぜ休養しているか〉という話題で、休養があまりにも長すぎる、妊娠しているのではないか、あるいは夫と別居か、といった、はっきりいえば、ラチもない、どーでもいいことを話し合っているのだった。

山口智子についてぼくはほとんど知らない。「王様のレストラン」「ロングバケーション」といったテレビドラマも観ていない。（「ロングバケーション」は最終回だけを観たっけ。）これらのドラマの放送時間帯にぼくは眠っているので、無理をしなければ観られない。

だが、彼女が出ているおびただしいＣＭは目にしている。これだけＣＭに出ていれば、ドラマなどで働く必要はなく、つまらない映画、テレビドラマに出て失敗する方がマイナスである。「彼女が出れば視聴率二〇パーセントは確かですから」なんて、よくも言えたものである。

どんなアイドル、女優でも、出ただけで二〇パーセントなんて人は存在しない。「ロングバケーション」は上昇期のキムタク氏とのコンビが良かったのである。その証拠に、キムタク氏は松たか子相手の「ラブジェネレーション」でも高視聴率を得ている。反町、竹野内コンビの「ビーチボーイズ」だって、数字だけでいえば〈立派なもの〉である。高視聴率を稼ぎ出すのは、フェロモン系の青年たちに決まっている。熱心な視聴者は女性だからだ。

テレビドラマに出ないことが話題になるのは山口智子の勝ちである。トレンディ・ドラマにのべつ出ていて、いまや影も形も噂もない女性タレントがいくらでもいる。

それはともかく、日本のテレビも墜《お》ちたものだと思う。〈芸能ニュース〉は情報として必要だと思うが、こうした形での〈芸能人ニュース〉というのは日本にしかないだろう。長屋の井戸端会議を生中継しているようなもので、こうした問題について弁護士（彼は別な話題のためにきている）が発言を求められ、それに答える奇妙な光景は日本でしか見られまい。

この種の話題の出処《でどころ》はたいてい女性週刊誌である。

四、五年前のことだが、裕木奈江バッシングというのがあった。彼女はぼくの原作のドラマの主役をやった人なので、どうなることかと思っていた。

騒ぎの元は「ポケベルが鳴らなくて」というテレビドラマであって、緒形拳と不倫の恋に落ちる女の子の役を裕木奈江が演じたが、これはミスキャストであった。緒形拳の娘の役を新人だった坂井真紀が演じて、こちらの方がはるかに中年男性好みなのだが、その時点では無名に近いから仕方がない。愛人を坂井真紀がやり、娘を裕木奈江がやればいいのに、と人に話した記憶がある。

しかし、オバさんたちの嫉妬まじりの理解力はコワいですね。裕木奈江を〈そーゆー女〉と誤解したのである。

キネマ旬報社の「日本映画人名事典」女優篇のところに、

〈父親ほどの年齢差の男性・緒形拳と激しい不倫の恋に落ちる育未《いくみ》役のインパクトは、役と役者を混同する視聴者からのバッシングが起きたほど。〉

とあるが、こんなことでバッシングが起こってはたまらない。〈混同〉するのは理解力の問題としても、バッシングがひどくなると、タレント・役者の生命をつぶしてしまう。

裕木奈江の場合は事務所が弱小だったから、対応の仕方を知らなかったのか、何もできなかったのか。

大きな事務所、コワい事務所が相手だと、女性週刊誌は腰を引くし、テレビ局はまずとりあげない。むしろ、タレントをかばおうとし、弱い者だけを苛《いじ》める。

しかし、まあ、勝手なものである。

男女タレントが食事をしただけで、芸能リポーターという人種は、法でも犯したように騒ぎ立てる。三船敏郎の死の時は、第一作「銀嶺の果て」から観ているぼくは厳粛な気持になったが、この連中は三船といえば〈愛人〉がどうの、と莫迦なことばかり言う。何も知らないし、作品を観てもいないのである。

男女の食事ぐらいでギャアギャア騒ぐくせに、近ごろの役者は破目を外したところがないとか、世間の常識に従っていてつまらない、などといっぱしの口をきく。少し〈破目を外した〉ら、たちまち非難し、マイクを持って飛んでゆくくせに。

映画の撮影所がしっかりしていたころは、こんなことはできなかった。

撮影所が権力になると、スキャンダルを書きたがる人がいたわけで、南部僑一郎という反骨の士は撮影所のタブーに挑戦し、〈犬と南部僑一郎入るべからず〉という紙が門に貼られたという伝説がある。本当かどうか、晩年の南部さんに訊いてみようとしたが、そのころはもう好々爺《こうこうや》で、丸くなっていた。

日本映画の興行的ピークは一九五八年だが、一九六〇年代には撮影所はやはり秘密を厳守する場所だった。大映時代の勝新太郎はあまりの忙しさにクスリをやり、その激しさは「後年（つかまったころ）の比じゃなかった」と死の前に語っている。

そもそも、昔の映画スターは、秘密がどうのという発想がなく、女性関係その他を大声で人に語った。自慢したかったのだろう。

多くの記者たちが耳にしているはずだが、撮影所の敷地を出たら、いっさい口にしないルールが出来ていた。そんなことを一つでも書いたら、スターに迷惑がかかり、下手をすれば才能をつぶし、自分のメシのネタもなくなることを知っていたからである。テレビが娯楽の主流になってからは、素人とプロの境い目がなくなってきた。それがひどくなったのは、一九七〇年代以降である。

そういう時代になっても、昔のスターのスタイルを崩すまいとしたのが高倉健と故渥美清であった。この二人がＣＭに出た時、テレビによる日本人の愚民化はほぼ完成した。

（’98・4・16）

「スティーヴン・キングのシャイニング」について

東京の桜が満開になったところで、急に寒気に包まれた。おそらく散ってしまうだろうと予想していたら、そうでもない。やや暖かい土曜の夜に千鳥ヶ淵に行ってみると、満開なのに花びら一つ散っていない理想的な、しかし異様な状態である。二十数年、千鳥ヶ淵の桜を観ているが、こんなのは初めてである。しかも、花の色が例年よりもきれいなような気がする。いったい、何がおこるのだろう？

家に帰って、テレビから録画しておいた「スティーヴン・キングのシャイニング」を観ることにした。前後篇あわせて四時間半かかる。往年のキューブリックの映画「シャイニング」が二時間半だから、あれよりかなり長い。

恐怖小説の王様《キング》、スティーヴン・キングは日本に紹介された時から好きだった。特に「呪われた町」と「シャイニング」には熱狂した。

一九七八年に翻訳が出たパシフィカ版「シャイニング」上下巻はカバーの絵がおどろ

おどろしく、訳者あとがきには〈作者スティーヴン・キングはまだ三十そこそこ〉とある。あれから、もう二十年も経つのか。

新人作家キングはスタンリー・キューブリック監督から「シャイニング」映画化の申し込みを受けて狂喜した。なにしろ「2001年宇宙の旅」の名監督である。キューブリックの「シャイニング」の試写は東京では丸の内ピカデリーでおこなわれたが、終りが変なので呆然とした。この監督は「2001年宇宙の旅」がピークだったのだと思った。

キングは〈失望した〉とインタビュー集「悪魔の種子」の中で語っている。

——閉所恐怖症的戦慄に満ちたゾッとさせられる箇所もあるけど、大方は凡庸だ。

そして、

——いつの日か「シャイニング」のリメイクを作りたいと思っているよ。誰かがすべてお膳立てをととのえてくれて、好きなようにしていいよというのなら、自分で監督するかも知れないね。

キューブリックの「シャイニング」公開は一九八〇年。対抗するキングが原作・脚色・製作総指揮を担当したテレビ映画「シャイニング」は一九九七年ABC系で放映された。

キングの怒りを理解するためには、原作の粗筋《あらすじ》を知っておく必要がある。（「シャイニング」は文春文庫、「スティーヴン・キングのシャイニング」はビデオで出ている。）

コロラドのオーヴァールック・ホテルは世界でもっとも美しいホテルの一つだが、冬には閉ざされてしまう。そこに一冬だけの管理人として作家のジャック、妻のウェンディ、五歳のダニエル少年が住み込むことになる。ジャックは雪の中で小説を書き上げようという考えだ。

そのホテルでは過去に管理人が安ウィスキーと幻覚のために幼い娘たちを手斧で惨殺し、夫人を散弾銃で殺して、自分も銃で死んだ――そういう事件がある。

要するにお化け屋敷なのだが、キングが巧妙なのは、その事件の原因を〈閉所恐怖症の変種〉と説明するところである。それでもかまわない、私は酒を飲まない、とジャックは主張するが、読者は（ああ、同じような事件がおこるのだな）と考える。

このホテルには他にも奇妙な過去があるのだが、キングは〈お化け屋敷〉の他にもう一つ〈かがやき〉という手を用いる。ダニエル少年は異変を感じとり、かがやきを発することができる。まあ、超能力であるが、ホテルを去ってフロリダへ行く黒人のコック、ハローランもまた、同じ能力を持っている。題名の「シャイニング」はこのかがやきのことである。

さて、長い雪の中の生活で、ジャックは少しずつ狂ってくる。ホテルの悪霊の命令通りに妻と子供を殺そうとし、ダニエルの叫び声をフロリダでハローランが耳にする。フロリダからコロラドの豪雪の中まで、ハローランが間に合うかどうかという大サスペンスが展開される。

キングの怒りは、ひとことでいえば、キューブリックがホラーものの初歩さえ知らないというに尽きる。

原作者は映画化されたものに対して必ず不満を持つという原則があるにしても、とにかく、映画「シャイニング」のラスト、というかオチはひどい。

主人公が薄目で笑うジャック・ニコルソンでは、初めから狂っているように見える、というキングの批判は当っているが、それはともかく——。

ラストで、妻、少年がスノウモービルで逃げ、ジャックは戸外で凍死する。ここまでは、まあ良いとして、次のショット、キャメラがホテルの壁にある写真に近づいてゆくと、一九二一年のその写真の中央にジャックがいるというオチは何だろうか？〈こんなオチは「ミステリー・ゾーン」に二度あった〉とキングは指摘しているが、これでは、ジャックは初めから亡霊だったことになり、ストーリーそのものが成立しなくなる。映画「シャイニング」には鋭いショットが幾つもあるのだが、この陳腐な（しかもキューブリックとしては〈衝撃的〉なつもりの）オチがすべてを台なしにしている。

では、「スティーヴン・キングのシャイニング」はどうかといえば、これは当然のことながら、原作に忠実である。全体的に二十年ぐらい新しくしてあり、少年も七歳に変えてあるが、この少年がかわいいので点を稼いでいる。ジャックは戯曲作家になっているが、家族を愛する平凡な男が邪悪なものに取りつかれ、善と悪の間を激しく揺れ動く設定は原作通りである。最後にホテルが炎上するのも、テレビ映画にしてはお金をかけている。（エミー賞特殊メイク賞等を受賞。）

映画版、テレビ版、両者をくらべてみると——うーん、失敗作ではあるがキューブリックの映画もすてがたい。どちらを観た方がよいかと訊かれたら、まずスティーヴン・キングのを観て、時間があれば、〈物語の本質をとらえそこねている〉（キング）が、キューブリックの映画も観た方がいい、と答えるだろう。

しかし、どちらも原作の怖さ、壮大さには及ばないのである。動物の形に刈り込まれた芝のライオンが動き出して人間に襲いかかる場面はCGを使ってもうまくいくかどうか。キングの小説の映画化が二、三を除いて失敗しているのは、本質的な問題があるのだろう。

（'98・4・23）

甲山事件裁判の異常な長さ

「裁判は長びくから、身体に良くないですよ」

と医師が言った。

にもかかわらず——。

一昨年の春は八回、地裁に足を運んだ。

このことは連載四回目に書いたが、仮りに読んだ人でも、もう忘れているだろう。

わが家の南側に高層マンションが建つ、その日照権の問題なのだが、仮りに八十パーセント勝てる見込みがあったとしても、裁判にかかわるのは肉体にひびくと思い知った。

弁護士のNさんには二十年以上お世話になっているし、お願いしたのはぼくなので、「今日は仕事があるので行かれません」というわけにはいかない。

民事裁判では、次回をいつにするかは、双方の弁護士と裁判官によって決まるのである。三人が都合の良い時間に決めるので、午前十時からになったりする。いつもなら、ぼくの眠っている時刻なので、その時刻に法廷に入るのはキツい。二、三月の寒いころで、しかも霞が関の東京地裁ではオウム事件も裁かれており、建物に入る時は空港なみの身体検査があった。

裁判にかかわったことがない人は、良い弁護士を味方にしたら終りと思うかも知れないが、そうはいかない。裁判のたびごとに書類を書く。役所あての書類なので、書式があり、いろいろと厄介である。それら（ぼくのみならず複数の人々の報告）は弁護士によってまとめられ、次の裁判の前に裁判官が目を通す。

弁護士も大変である。午前中に鹿児島の法廷に出るとか、午後に北海道へ飛ぶとかは二六時中《しょっちゅう》である。頭脳はもちろん、体力がなかったら話にならない。体力が気力を支えている。

昨年の春、さらに六回、地裁に足を運んだ。ぼくも意地になって、すべての裁判に出席したのである。

おかげで、流行の言葉を用いれば、この国のカタチらしきものが見えてきた。

建設業者相手の裁判を戦った人は、決まって、

「裁判官が業者寄りだった」

と怒る。

これは高度成長・バブル時代の発想が役所を支配しているからだ。政治家・役人・建設業者・銀行が一体となって横暴をきわめた時代が、彼らの頭の中ではまだ続いている

のである。同じ役人だが、日銀・大蔵省で逮捕者が出たのは、ほんの一端だろう。ビルを建て、橋を架け、新幹線を地の果てまで走らせるのが日本の経済発展のもとと彼らは信じているのである。

ある裁判官がニヤニヤ笑いながら、

「とにかく、マンションを建てるのは（社会的に）良いことですから」

と呟《つぶや》いたのが忘れられない。

自然破壊といった表現はオオゲサとしても、わが家の前のマンション建設業者は敷地のすべての庭木を伐ってしまった。それが当然、という発想である。

これは町またはフツーの生活の破壊と思うが、業者は〈開発〉と呼んでいる。また、田中角栄の〈大都市の再開発計画〉の延長線上に生きている役人たちも、これを〈開発〉と思うのだろう。両者の考えが近いのは当然である。

バブルが弾けて、大不況がきても、役人の頭の中は変らない。橋本という名の愚かな首相が不況対策として、ルービン米財務長官のすすめる消費税引き下げではなく、公共事業への予算配分を平気で口にできるのはそのためである。毛皮のコートやダイヤならともかく、米や味噌といった最低の生活必需品にまで消費税をかける国がどこにあるのか。（しかも、米一つとっても、ニューヨークよりずっと高いのである！）

裁判官・検察官・弁護士の数が欧米にくらべて何分の一であるという統計が昨今示されているが、少くとも弁護士、裁判官の忙しさはぼくも実感した。弁護士は裁判のたびごとに増える書類をフロシキに包んでくる。カバンに入りきらないのである。

一方、裁判官は勤務時間以内に幾つかの事件を片づけなければならないから、三十分とか、そういった短い時間で両者の言いぶんをきき、「では、次回に……」ということになる。六回、地裁へ行くとして、時間さえあれば、これは三回ですむはずだ。

数だけ増やして、質はどうなるという声もあるが、今でも質の悪い弁護士は多いのである。数が増すことによって、悪徳弁護士は淘汰《とうた》されると考えるべきだ。

そういったことが分かっただけで、ぼくは二度と地裁には足を踏み入れたくないのだが、「文藝春秋」五月号の福田ますみの文章を読んで、こんなことが自分の身におこったらどうしよう、と慄然とした。

神戸の甲山《かぶとやま》事件の被告人が無罪判決にいたるまでの証言、内面を〈取材・構成〉したものだが、カフカの小説のように、ある日突然、物証もないままに逮捕されて、釈放、不起訴、四年後の再逮捕、起訴、一審の無罪判決……と転々として、今年の三月二十四日に無罪判決にいたる一人の女性の内面を描く（といっても、一人称の語りが多い）もので、二十二歳から四十六歳までかかったというのが、まず、おそろしい。

民事と刑事はかなり違うと思うが、この長さは何だろうか。特に彼女が一審の無罪を勝ちとってから、五年後の一九九〇年に大阪高裁が一審判決を破棄するまでの長さが不気味である。

一見単純そうで、実は複雑なこの事件を要約するのは無理なのだが、一九七二年に〈中学生のころから障害児の世話に一生を捧げようと志して、父の反対も押し切って甲山学園に就職した〉短大出の女性が、二年後に学園の中で連続して起こった園児の行方不明事件にまき込まれ、二名の園児は園内の浄化槽の中で遺体として発見される。これが三月十九日夜。

女性が逮捕されたのは四月七日だが、一九七四年の新聞、週刊誌のコピーを見ると、〈密室殺人〉という言葉が出てくる。この言葉の使い方じたいが間違いなのだが、犯人は学園の外にはいない、彼女に間違いない、という恐るべき決めつけ方である。

福田ますみがまとめたこの女性の〈証言〉の切なさ、意識の高さに、ぼくは柄にもなく涙をにじませた。

というのは、〈証言〉が活字になって世に出るよりも早く、四月六日、神戸地検は地裁の判決を不服として大阪高裁に控訴していたからだ。検事正の名は堀川和男。人権無視の、意地とメンツだけの裁判がまだまだ続くのである！

（'98・4・30／5・7）

〈ストリップ〉と〈鑑賞〉のあいだ

映画鑑賞――という言葉がある。

アイドル名鑑などを見ていると、よく、

〈趣味・映画鑑賞〉

と出ている。近ごろは〈ビデオ鑑賞〉というのも多くなった。

どうにも、これが恥ずかしい。

ついこの間も、インタビューで「お暇な時は何をしていますか」と訊かれ、「古い映画をビデオで観ています」と答えた。この場合、古い映画というのは戦前の清水宏監督の松竹映画あたりを指すのだが、活字になってみると、〈映画鑑賞〉になっていた。

こんなコトバ、いつ発生したのか？　昔、〈優秀映画鑑賞会〉というのがあったから、あの辺りから出たのだろう。

〈優秀映画鑑賞会〉というのは、優秀じゃない映画がゴマンとあったからこそ存在できたのであるが、そういう会が推す映画は、あまり観たくなかった。

やや旧聞に属するが、本誌の四月十六日号を読んでいたら、〈ストリップ鑑賞〉という文字が目に入った。

そりゃ、まあ、そういうコトバも成立するだろうが、〈ストリップ〉と〈鑑賞〉というのがミスマッチの気がする。

〈ストリップ鑑賞〉を語るのは、神戸の少年A事件の友が丘中学の前校長である。少年A事件でもみくちゃにされた挙句《あげく》、今年三月に〈最も感動的な卒業式〉を終えてから、大阪のストリップ劇場に直行したところを〈フォーカス〉された。すぐに神戸市教育委員会に自宅謹慎処分をくらい、定年退職した。

いかにもの太い黒ぶち眼鏡をかけた白髪の、横柄にも見える校長は、テレビの画面では、好感を持てなかった。少年A事件の直後である。ことなかれ主義のいやな奴だと思った。マスコミが叩いたのは、そうした印象からだろう。

だが、彼はマスコミを恨み、川柳や短歌を作っていた。

それはまあ、どうでもいい。いずれにせよ、卒業式のあとで〈ストリップ鑑賞〉は時期的にまずい――そういう配慮がないのが珍しい。それどころか、ストリップに妙にこだわっているのがおかしい。

〈実は私のストリップ通いは大学時代からで、ここ数年でも、ヒマな時は一人でブラッと月二、三回は通っていたこともありました。あれが初めてだったわけじゃありません。／でも、さすがに事件の最中は忙しくて行きませんでしたよ。〉

〈ストリップ通いは趣味とは違って、私は酒が飲めないので、赤提灯に行ってウサばらしをする代わりのストレス発散法という感覚でした。〉

〈私はストリップ鑑賞が教育者として恥ずべきことだとは思っていませんが……〉

「文藝春秋」五月号では別な形で〈心境〉を記している。

〈……まさか記者たちに、大阪まで尾行されていようとは、夢にも思いませんでした。ふらふらと電車を乗り継いで、訪れた場所は、俗にストリップ劇場と言われているところでした。〉

俗に……という表現がおかしい。

それから、東京に出た時に、日劇ミュージックホールや〈一条さゆりのような伝説のストリッパーを見た〉と語り、

〈まことに軽率でした。卒業式が成功しただけに、癒しを求めていたのでしょうか。うまく説明できないものです。〉

流行の〈癒し〉が入っている。どなたか忘れたが、はやり言葉としての〈癒し〉は、〈卑しい〉に通じると書いておられた。ぼくもそう思う。

お断りしておくが、ぼくは教育者がストリップ見物に行くのはけしからん、などと言っているのではない。

前校長の手記・談話は、マスコミに対して怒れば怒るほど、悲哀が滲んでくる。彼は決して反省をしない。周囲のすべてが彼の屈辱を苛《さいな》むものであるが、その〈屈辱感〉すら、〈ストリップ鑑賞〉という言葉と同じく、公務員的である。

彼が過してきた時代が、彼とほぼ同年代のぼくには見える。だが、すべての人がそうとは思えないから、若干の説明が必要であろう。

ストリップとは、ストリップティーズの日本的略称である。ティーズは〈いじめる、じらす〉であり、衣服を脱ぎそうで脱がずに、観客をじらすのだ。(ちなみに、ストリッパーはストリップティーザーの日本的名称。)

戦後、新宿の額縁ショーから出発した日本のストリップは一九五〇年代に一つのブームを迎える。前校長が熱中したのは一九五〇年代後期であろう。

東京のストリップは浅草と新宿がポイントであったが、家が近いせいもあって、ぼくは新宿フランス座に通った。フランス座は現在の伊勢丹新館の位置にあり、学生割引が利くのが特徴であった。

浅草にも行き、ジプシー・ローズが出ていた東劇バーレスクルームまで足をのばしたが、くつろげるのは新宿フランス座であり、気取った新宿セントラルだと少し疲れた。

ぼくも酒が飲めなかったが、だからストリップ小屋へ行くということはないやね。ひいきの美人ストリッパーに惹《ひ》かれ、ついでに踊りと踊りの間のコメディが好きになった。コメディアンは東八郎、石田暎二、石井均がいた。

最大の疑問はあれほどの美人がなぜパンティ一枚になるのかということだったが、のちに分かったのは、脱げば、ふつうのダンサーよりずっとギャラが良いのだった。当時のストリップは決して全裸にはならなかった。

全裸になるのは〈関西ストリップ〉と呼ばれ、一九六〇年か六一年に東上したので、横浜まで観に行った。このタイプはやがて東京に広がり、ストリップティーズではなく、ほとんどがヌードショーになった。コメディアンたちが一斉に姿を消し、テレビや地方の舞台に散ったせいもあり、ぼくはその種の小屋から遠ざかった。

ストリップとオールヌードの差は、アダルトビデオと裏ビデオの差と思えばいい。ストリップは明るく、ヌードショーには反体制とか自虐の暗さ、意味づけがつきまとう。

それにしても、一九五〇年代後半からずっとストリップを観てきた前校長はつきあいがいい。〈癒し〉などと気取らずに、〈好き〉だったと割り切って、ストリップ史を書いてみたらどうか。

（'98・5・14）

ある〈戯作者〉の死

「えっ……」

と言ったきり、あとの言葉が出ないことはあまりない。

このところ、身内や友人知己に病人が多く、電話のベルが鳴るとビクッとする日常だが、幸いゴールデンウイークは静かに過ぎていくかに思われた。

五月四日の朝は妙に寒く、オイルヒーターを低く入れた方がいいかも知れないと思った。そういう異常な状態のせいか、とんでもない時刻に目覚め、しかも、それっきり寝つけない。

ベッドに入って、もう一度寝つこうとしても、うまくいかない。

その時、家族が朝刊を持ってきた。

「前田陽一さんが亡くなって……」

「えっ……」

起き上り、新聞を手にしたが、信じられなかった。彼はぼくの原作に拠《よ》る「新・唐獅子株式会社」というビデオ映画を撮影中のはずであった。
新聞を開くと、〈喜劇「神様のくれた赤ん坊」前田陽一監督死去〉という写真入りの死亡記事があった。

前田陽一監督といっても知らない読者が多いと思う。
山田洋次監督の「男はつらいよ」第一作がヒットしたのは一九六九年。
この年の雑誌「シナリオ」十二月号は、〈山田洋次＋森崎東《あずま》・喜劇の研究〉を特集している。「男はつらいよ」の脚本はこの二人の共作であり、二人は沈みつつある老舗《しにせ》松竹にとって希望の星であった。
特集の中に、松竹の監督を分類した文章があり、そこでは、
山田洋次――笑いの原型の追求者
前田陽一――山田喜劇に否定的な喜劇作者
森崎東――山田作品から前田の方向にズレたところに位置する
要約すれば、このように位置づけがされている。
ぼくの記憶では、前田陽一は文学青年であった。
手元の事典には、〈早稲田時代は小説家を夢みて同級生の三浦哲郎と同人雑誌をやっていた〉とある。〈その関係で「忍ぶ川」の映画化権を譲り受け、松竹に企画として提

出し〉一蹴された、ともある。前田は熊井啓に権利を譲り、「忍ぶ川」は熊井啓作品として成功した。

一九六〇年代に前田陽一と仕事で知り合ったぼくは、のちに、

「あなたには『忍ぶ川』は撮れまい。ドタバタ喜劇になる恐れがある」

と冗談を言ったが、前田は、

「冗談じゃない。ぼくなりに格調高い作品が撮れたはずですよ」

とムキになった。

前田は辛口の風俗喜劇の名手・渋谷実の弟子で、渋谷実の「ぼくは名作だけは作らないよ」という言葉を拳拳服膺《けんけんふくよう》していたが、この言葉は「二十四の瞳」のような〈国民映画〉を作る木下恵介への渋谷の皮肉だったはずだ。この皮肉を前田はまともに受けとめた。

前田陽一の第一作「にっぽん・ぱらだいす」(一九六四年)は渋谷実→川島雄三系列の重喜劇で、今村昌平の再来と評する人もあった。

しかし、喜劇でスタートするのも善し悪《よあ》しで、次々に会社の企画を押しつけられ、冷静に見て、一般の観客に受け入れられたのは、人情喜劇「神様のくれた赤ん坊」だけではなかったか。これは「男はつらいよ・寅次郎春の夢」の併映作で、山田洋次から礼状を貰った、と前田は複雑な声音《こわね》で語った。

友人と知人の間ぐらいのそういう人物が、急にマジメな表情で、「『唐獅子株式会社』を映画化させてくれないか」と言い出した時は、正直なところ、困ったな、と思った。一九七七年の晩秋、「アニー・ホール」の試写を観たあとのことだ。

一九七七年に、やくざが出てくる喜劇を松竹で作ろうなんてムリな話である。企画の段階で潰されるに決まっている。

前田陽一は映画関係では〈戯作者〉と見られているが、この時の思い入れは只事ではなく、シナリオを作り、主役の出演交渉までしてしまった。原作者としてはありがたいことだが、予想通り、松竹の許可がおりなかった。

「天才伝説　横山やすし」に書いたようないきさつで、曲りなりに東映で映画化された時、「残念です」という葉書が前田からきた。戯作者の心中を想像したぼくは（さぞかし、口惜しいだろうな）と思った。

前田が最初に企画した一九七七年から二十年後の一九九七年——去年の春に、人を介して、前田陽一が「唐獅子株式会社」のビデオ映画化に再挑戦したがっていると告げられた。

ビデオ映画ではあるが、都内の一館でロードショー上映をできるだけのものにしたい、と言っているという。

ぼくはずっと彼に会っていなかった。二十年ぐらいだろうか。だから、相変らず独身だと思っていたのだが、とんでもない、結婚している、と人に教えられた。

久々に電話で前田と話をすると、

「今、二つ企画があるのだけど、どうしても『唐獅子』をやりたいんですよ。ぼくのファンも、その方を喜ぶと思うんです」

という思い入れの激しさである。

不思議なことに、「唐獅子株式会社」は今でも、映画化、ビデオ化の申し込みがある。ぼくは前田陽一の熱意に打たれ、彼に任せることにした。シナリオ作りを念入りにして欲しいという注文をつけて。

シナリオは難航した。

「新・唐獅子株式会社」という表紙の決定稿がぼくの手元にきたのは、今年の四月二十日である。主演は赤井英和。

撮影は四月二十五日に始まり、五月二日の夜に、前田の気分が悪くなった。黄疸《おうだん》の症状があらわだったときく。

以下は新聞によるが、五月三日午前四時五十五分、肝不全のため横浜の病院で死去した。新聞には〈六十五歳〉とあったが、六十三歳のはずである。プロダクションの人にきいた話では、松竹時代に前田陽一の助監督だった南部英夫を中心にして撮影が続行されるという。

斜《しゃ》にかまえた〈戯作者〉前田陽一の志が陽の目を見ることを祈りたい。

（'98・5・21）

谷中の玉林寺での七日の告別式では、大島渚、山田洋次、熊井啓等の弔電が読み上げられた。

＊ビデオは完成したが、前記の事情で、作品にパワーがなかった。

バーリンか、ベルリンか

〈ギョエテとは　俺のことかと　ゲーテ言い〉

という昔の川柳がある。

ドイツの文豪ゲーテを〈ギョエテ〉と発音していた時代のものだから、明治の終りか、大正時代か。

そんな時もあったのかとぼくは考えるが、今でも、〈ゲーテ〉は間違いで、〈ギョエテ〉が正しいと怒っている学者がいるかも知れない。

とにかく、外国人の名前をカタカナで表記するのはむずかしい。

いまでこそ演技の鬼アル・パチーノであるが、一九七〇年代前半の二枚目時代には、日本ではアル・パシーノと呼ばれている。

「日本人はなぜパシーノというんだろう、パチーノなのに」

なにげなく、そう言ったのは演劇評論家の大平和登《かずと》さんである。ブロードウェイの主《ぬし》と呼ばれる大平さんは当時は東宝の代表だったが、なにしろ一九六二年からアメリカにいるのだから、その言葉には重みがある。

そのうちに、日本でも、パシーノとパチーノが入り乱れ、やがて、パチーノに定着した。

困るのは、ご当人が途中から名前の呼び方を変えるケースである。その典型的な例が Ronald Reagan だろう。

これは、どう読んでも、ロナルド・リーガンで、日本の一九七四年の人名事典でも、そうなっている。アクション映画で主役と脇役を演じたが、ぼくの印象ではB級映画の主役というところだ。

六六年からカリフォルニア州知事。八〇年に大統領に当選するが、そのころから、自分を〈レーガン〉と呼んでくれと言い出した。今では、レーガンという方が通じ易いだろう。

Warren Beatty のケースはどうなのか。日本人が読み間違えたということだろうか。「草原の輝き」「俺たちに明日はない」――ずっと、ウォーレン・ビーティだった。人名事典でもそうなっている。

どういうわけか、近年になって、俺の苗字は〈ベイティ〉だと言い出した。当人がそういうのでは、反対することもないから、今の人名事典では〈ベイティ〉になっている。

もっとも、ビーティだろうとベイティだろうと、近年、この人には全く興味がないので、どうでもいいのだが。

監督のスタンリー・キューブリックは、昔は〈カブリック〉と表記されていたが、最近は〈クーブリック〉とか〈クブリック〉が正しいという人があり、そうなっている事典もある。Kubrick だから、どうとでも読めるのだが、外人名のカタカナ表記は一種の約束事だと割り切らないと、こうした不毛の情熱が突っ走ってしまう。

外人名のカタカナ表記をすべて正しくしよう（！）と考えた人が映画ジャーナリズムにいたらしく、キネマ旬報社の事典にこうした傾向が見られる。先日、ある翻訳書に〈クーカー〉とあったので、なんだかわからず、前後の文脈から〈ジョージ・キューカー〉監督らしいと推測した。〈キューカー〉という表記が正しいかどうかは別として、少くとも六十年ぐらいそう表記されてきたので、一つの約束事である。勝手に変えられては、意味が通じなくなる。

とはいえ、気づいてみると、表記が変っていた、というケースもある。

例えば、マルクス兄弟。

これは三兄弟と四兄弟の時があるのだが、三人の時は〈グルーチョ、ハーポ、チコ〉と表記される。

故芥川比呂志氏が書いておられたと記憶するが、戦前は〈グルーチョ、ハルポ、シコ〉と表記したそうである。昭和初期と戦後では、若干の差が生じているらしい。明らかな、というか、時代的背景からして、間違っても仕方がないというケースもある。

「バンド・ワゴン」や「絹の靴下」の華麗なダンサー Cyd Charisse がそうであって、日本ではシド・チャリシーとローマ字読みで呼ばれた。

ぼくはこのままでも構わないと思うが、今、アメリカのビデオで名前をきくと、〈シド・シャリス〉または〈シド・シャリース〉である。しかし、正直なところ、シド・シャリースでは〈一九五〇年代前半、日本占領終了直後〉のイメージがわかない。だから、友人と話をする時は、断乎として、シド・チャリシーである。（シャリースなんて、恥ずかしくて、口に出せるか。）

〈人名は正確を期したい〉という事典編纂者の気持はわからないではないが、外人と話してみれば、〈キューブリック〉でも〈クブリック〉でも大した違いはないことがわかるだろう。よほど英語が達者でない限り、どの道、一度では通じないのである。特に、事典は長く使われるものなので、〈キューカー＝クーカー〉とでもしておいてくれないと、無用の混乱が生じる。

これは事典とは関係がないようだが、ジェリー・ルイス（五〇年代のコメディアン）を

〈ジェリー・ルュイス〉と書くのも、つまらぬ気取りだと思う。

何年前か忘れたが、ニューヨークで大平さんと話をしている時に、当時はまだ百何歳かで生きていたアーヴィング・バーリンの噂になった。いうまでもなく、名曲「ホワイト・クリスマス」の作詞・作曲者である。

あの人は何を考えて生きているのだろう、といった話の末、大平さんがぽつりと言った。

「バーリンも、本当は（表記すれば）ベルリンなんだけどな」

なるほど。

バーリンの百歳記念のビデオなどを観ると、Berlin は、〈バーリン〉と〈ベルリン〉の真中ぐらいにきこえる。英語圏に生きる大平さんにとっては〈ベルリン〉に近いようだ。

「大平さん、それを書かないでください」とぼくは言った。

「日本には〈正しい外人名表記〉に狂っているオタクがいますから、あなたが書いたりすると、明日にも〈アーヴィング・ベルリン〉が正しいと言い出しかねませんから」

「そういうものかな……」

大平さんは不思議そうに呟いた。

結論——日本語で書く限り、〈正確な外人名の表記〉というものはない。多少の不満はあっても、長い間に作られた約束事、記号と考えるべきだろう。

（'98・5・28）

シナトラは〈「マイ・ウェイ」の人〉じゃない

「シナトラって、日本でいえば、どういう存在なんですか？」

フランク・シナトラが五月十四日に心臓発作で亡くなって以来、若い人にこういう質問を受ける。

日本のテレビや新聞は「マイ・ウェイ」の人という扱いだが、これは全く困ったものだ。美空ひばりや勝新太郎なみではないか。

たまたま目にしたのでは、日経新聞で青木啓氏が歌手としてのシナトラの評価、その特異な在り方を短く記していたのが良かった。〈ザ・ヴォイス〉と呼ばれた男はまず歌手であり、例外はあるが、映画は全力を注ぐ仕事ではなかった。その辺りから若い友人に説明すると、自分の体験を語ることになってしまう。

一九四五年、日本がアメリカとの戦争に敗《やぶ》れた時、シナトラの名前を知っている日本人は一人もいなかった。戦前派のモダン中年も知らなかった。なぜなら、シナトラは太平洋戦争中に売り出したアイドル歌手だったから。

ミッドウェーで日本海軍が大打撃をこうむった一九四二年の暮、ニューヨークのパラマウント劇場にベニー・グッドマンやペギー・リーが出演した。支配人はこの特別なショウに、〈楽譜の読めない、やせこけた二十七歳の歌手〉を加えた。ベニー・グッドマンは若者の名さえ知らなかった。有名な〈パラマウント劇場失神事件〉の始まりである。

ニュージャージー州の一部では、若いシナトラの名は知られていた。しかし、ニューヨークの興行関係者は知らない。シナトラはビング・クロスビーを尊敬する一歌手にすぎないが、この時、新しいエージェントをやとい、ボビーソクサー（十代の女の子）の失神事件を演出した。キティ・ケリーの辛辣《しんらつ》なシナトラ伝「ヒズ・ウェイ」（文藝春秋）によれば、一人五ドルで雇われた少女が十二人倒れ、三十人が本当に失神した。今でもニュースフィルムに残るのはこの時の状態であり、シナトラは二十五歳とサバを読んでいた。

日本での事情をいえば、敗戦直後に、向うでこういう新人が出た、と伝えられた時には、アメリカでのシナトラの人気は急下降していた。要するに、シナトラとは何者か、日本人にはわからなかった。

敗戦後三年目、一九四八年に、シナトラが出る映画「芸人ホテル」が公開されたが、貧相で、やせて、小柄な青年にはなんの魅力もなかった。

シナトラのレコードの売り上げは激減し、仕事は次々になくなった。〈時代遅れのアイドル歌手〉に声をかける映画会社はなかった。

一九五二年、フレッド・ジネマン監督は「地上《ここ》より永遠《とわ》に」で、イタリア系の兵隊を演じられる役者を探していた。イーライ・ウォーラックが第一候補だったが、条件が合わず、シナトラが名乗りをあげた。イタリア系のシナトラはどうしてもこの役をやりたかった。

「一週間千ドルでいい。いや、只でもいい。役が欲しい」

映画は翌年に封切られ、シナトラはアカデミーの助演男優賞を得た。

それほどの演技かどうかぼくは忘れてしまったが、ここからシナトラは再出発する。次の小品佳作「三人の狙撃者」では凄みのある殺し屋を演じたが、「野郎どもと女たち」(五五年)、「黄金の腕」(五五年)と、都会に生きる敗北者、チンピラを演じたら絶品という時代があった。一九五六年から五年間、マネーメーキング・スターのベスト10に入っていたと資料にはある。

「オーシャンと11人の仲間」(六〇年)は、ディーン・マーティン、サミー・デイヴィス・ジュニアといった〈シナトラ一家《クラン》〉による映画で、この辺りから作品の主導権がシナトラに移り、好きな作品もあるのだが、全体がダレてくる。演技よりも、ラス・ヴェガスのショウ、自分のレーベル〈リプリーズ〉の設立と経営に忙しくなった。

アメリカにおけるシナトラ人気は、喧嘩っ早い街のあんちゃん的人物が、マフィアや大統領と適当に付き合いながら、社会のトップにのし上ったところにあると思う。だから、インテリは「彼は歌だけうたっていればいいのに」と言う。

若き日のシナトラは〈リベラル〉で、〈人種偏見のむなしさ〉を少年たちに説いていた。一九八一年、南アフリカの〈アパルトヘイト都市〉サン・シティのコンサートに出かけることで、彼は大衆を裏切った。ご当人はその事実に気づいていないのか、批判を無視したのか。

レーガン、ニクソン、アグニューといった政治家たちと手を結んできたシナトラは、人種問題ではもう立場のとりようがなく、そのためにマスコミを憎悪した。

ちなみに、「マイ・ウェイ」は一九七一年の引退発表寸前の歌である。もと歌はシャンソンの「平常のように」で、ポール・アンカがシナトラ用に作詞をした。シナトラ版「傷だらけの人生」で、他の人がうたっても説得力をもたない。

七一年に引退したが、七三年にはカムバック宣言をしている。いい気なもの、というしかない。

失恋の歌とコール・ポーターの陽気な歌、その他のもの（人生の哀しみをうたった良い歌が沢山ある）を、出来の良いカツラをかぶったシナトラがあの青い目でうたうと、なんというのか、この人は凄い、とつくづく思う。亡くなったせいもあってか、そのことを痛感する。

そういえば、一九五〇年代半ばに、エルヴィス・プレスリーが登場した時、大人げなく非難したのはシナトラだった。ぼくはエルヴィスと同世代だからよく覚えている。

――エルヴィスのは歌ではない。耳にするのも不愉快な、世にも動物的で、おぞましいものだ。愚鈍な反復とふざけてワイセツな、うすぎたない歌詞で、もみあげを生やしたあらゆる非行少年の軍歌になっている。

ところが、一九七七年にエルヴィスが急死すると、シナトラはいち早く、こう声明した。

――エルヴィスの死はアメリカの重要な文化遺産の喪失である。

まったく、いいかげんな人である。

ついでにつけ加えると、バーバラ未亡人は、マルクス四兄弟末弟のゼッポ・マルクスの夫人だった人である。

一九七六年、結婚式で判事がバーバラに、「あなたは富める時も貧しい時もこの男性を受けとめますか」と訊くと、シナトラは大声で「富める時だけさ」と言ったという。

（'98・6・4）

百二十年目のディナー

みなみらんぼう氏の「霧の箱根山」というエッセイには笑った。

箱根の駒ヶ岳の霧《ガス》の中で氏は道に迷う。すぐ近くにケーブルカーの建物、ロープウェイの駅があるはずなのだが、文字通り、〈五里霧中〉で、二万五千分の一の地図と磁石をとり出して、自分の位置を確認したりする。

これが〈駒ヶ岳〉というのがおかしいのであって、しかし、平凡な観光地が霧によって〈俄然《がぜん》、恐ろしい場所に変貌する〉リアリティが生き生きと伝わってくる。

箱根の山は天下の険、と昔の人は歌った。〈険〉とは〈けわしいこと〉である。

物好きというかなんというか、外国人は箱根越えが好きらしく、もっとも古いところでは、オランダ人の医師が一七二七年（享保十二年）にこの山を旅した。明治維新前後に来日した欧米人は、下界のチャンバラ沙汰とは関係なく、箱根を〈散策〉している。

そうなると、外国人向きのホテルを建てようという人が現れ、一八七八年（明治十一年）に富士屋ホテルが箱根宮の下で開業した。初めは外国人専用のホテルであった。宮の下は今でも便利な場所とはいえないだろう。明治の初め、そこに、パン、ハム、ベーコン、卵、野菜を、横浜から毎日運ぶなんて正気の沙汰ではないのだが、とにかく、やってしまった。

ホテルはやがて日本人にも門戸を開くのであるが、第二次大戦前・戦時中の富士屋ホテルが〈忘れられない美味の国だった〉のは、往年のコメディアン古川緑波《ロッパ》のエッセイ「富士屋ホテル」にくわしい。戦前に緑波はこのホテルで、〈食堂のメニュウを上から下まで全部食〉うという快挙をなし遂げている。

これはどういうことかというと、メニューのチョイスをしないのである。前菜の次はスープで、コンソメかポタージュのどちらかを選ぶのだが、緑波は両方持ってこさせる。魚とラム・シチュウに野菜が三種類。このあと、グリルド・チキンか海老カレーをチョイスするのだが、これも両方食べてしまう。サラダを食べ、デザートを二種類、コーヒー、紅茶、緑茶も飲んでしまう。

ここで例にあげられているのは一九五六年、つまりホテルが米軍に接収され、占領が終って日本人に開放された後の貧しいメニューであり、〈昔のは、もっと豊富だった〉と緑波はボヤいている。

その〈豊富な〉時のメニューで、朝、昼、晩と、一週間、これを続けた緑波はエラい。

美食家の鑑《かがみ》である。さすがに、この〈苦業〉、〈もはや堪《た》えがたしと覚え〉て、熱海に出、日本旅館で朝食をたらふく食べた、と書いているから、いよいよエラい。

ぼくが富士屋ホテルへ行くようになったのは、全く別の事情からである。ぼくと家族が好んでいた仙石原のホテルが改築のために取りこわしになった。戦前の別荘に手を入れた古い建物で、とても落ちつけたのだが、採算がとれなくなったのだろう。

一九七〇年代前半のことで、迷った挙句、夏と年末は富士屋ホテルで数日を過ごすことにした。食事はあまり期待していなかった。

そのころ、富士屋ホテルはリゾート・ホテルとしての〈格〉と急速な大衆化の矛盾に悩んでいたのだと思う。戦前派らしいパナマ帽に白の上下の老人とゴルフの団体客がぶつかり合い、やがて、寝巻にスリッパ姿の男たちが主食堂になだれ込むようになった。数年のうちに、戦前派の人々の姿が見えなくなる。

ホテル名をボカして、そのことを新聞のコラムに書くと、逗子に住むイトコから電話がきて、

――あれ、富士屋ホテルでしょ？　ウチも、このあいだ、あそこで、困ったのよ。窓の網戸が破けてて、蚊が入ってくるの。蚊取り線香を持って行かなきゃ駄目よ。

と、注意された。

一九八〇年ごろだったか、わが家は芦ノ湖畔の新しいホテルに行くようになった。

いろいろあって富士屋ホテルに戻った事情は省略する。

激しいストレスと友人を立て続けに失った疲れで、さきごろ、五月の末に富士屋ホテルへ行った。手紙一通書く気力もなく、ひたすら眠った。

ここの主食堂は、ありがたいことに、全席禁煙である。日本のホテルとしてはまだ珍しい。（ここにはもう一つグリルがあって、そこが喫煙者用になっている。）

雨は過ぎたらしいが、向い側の山の上が霧におおわれ始めている。みなみらんぼう氏を悩ませたあの霧である。

ホテルは開業百二十周年で、それを記念したメニューがある。いつもはサーロインステーキを注文するのだが、気分を変えて、記念メニューを試してみた。次のようなものである。

1　キャビアにブリニ添え（大正3年のメニューより）

2　ヴァーミセリ入りコンソメスープ（明治39年）

3　伊勢海老のボイルバターソース（大正5年）

4　トゥルヌドー　マリー・ルイズ風（大正15年）

5　野菜サラダ（明治32年）
6　オールドファッション・ストロベリーショートケーキとアイスクリーム（昭和初期）
7　コーヒーまたは紅茶
4は下に薄いパンが敷いてあり、トリュフを散らして肉をのせたもの。

5の野菜サラダは、まんまポテトサラダであり、日本のポテトサラダはここから出たのだと思い当った。

6のショートケーキは実に意外で、でかいケーキが出てくると思ったら、ミルフィーユ風のケーキにストロベリークリームがかけてあった。

全部が当時のままではなく、微妙に、今様《いまよう》にアレンジされていると思うが、このメニューはちょっとしたアイデアである。

アイスコーヒーを飲みながら窓の外を見ると、もう暗闇になっていた。例年より梅雨《つゆ》が早そうだ。


（'98・6・11）

高齢者の恐怖心とは

一時は静かになったサッカー界だが、日本代表のワールドカップ出場が決まり、渡仏、人選問題を経て、日本のマスコミは独特の狂騒状態を演じつづけている。AMラジオまでこの色に染っているので、FMに逃げると、驚くなかれ、歌手による日本代表激励の番組をやっている。こうした風潮に違和感を表明したのは、ぼくの知る限り、山城新伍と太田光のみである。

さらにインドとパキスタンの地下核実験もあって、日本の大衆の目は完全にそれらの方向にそらされている。これでトクをするのは橋本政権だけではないだろうか。

気がついてみると、夏の靴下がなくなっていた。あっても、ボロボロである。急に暑くなったので、あわてて新宿のデパートに立ち寄った。

地下の食品売り場はそこそこ混んでいる。自宅の近所のスーパーには〝これといった食材がなく、しかし、レストランや小料理屋へ行くのはもったいない。そう考える層にとって、デパートの食品売り場は最適の場所である。フランスの三つ星シェフのブランドの料理やパンも買える。

エスカレーターで一階にあがると、もう人影はまばらである。水着売り場などシーズンなのだが閑散としている。まして、三階の男ものの靴下売り場なんて、客はほとんどいない。これはもう、恐るべき眺めである。

先日亡くなった「複合不況」の著者は、数年前にこうした光景がくることを予告していたはずである。東京だけではない。ぼくが見た範囲でいえば名古屋のデパートがそうであった。

バブルのころに東京に店を構えたイタリアのアパレルメーカーから閉店の通知がきた。すべては絵に描いたような不況、デフレの構図である。失業者は史上最悪の四・一パーセント。十六兆円の経済対策で夏から景気が良くなるなんて、絶対にありえない。

ぼくの実感から、そう言いきれる。

〈六十五歳以上の高齢者のいる世帯数が、子供（十八歳未満の未婚者）のいる世帯数を初めて上回った。〉

五月二十四日の厚生省の発表である。

これについては様々な説明が付くが、ひ、と、こ、と、でいえば、高齢者の数がとても多くなり、子供の数が減ったということである。

仮りに六十六と六十六の夫婦がいるとしよう。

彼らは大学を出て、四十四年間働いてきた。飲む打つ買うと縁が遠い堅実な生活を送ってきたので、いくらかの蓄えはある。夫の方はバイアグラが自由に買えるようになったら使用してみたいとひそかに考えているが、結局は使うまい。

数年前であれば、この二人は海外旅行、船旅、国内旅行に出かけられたはずである。下着一つ買うのにケチるようなことはなかった。しかし、今はちがう。

彼らは（あるいは独身者で、彼・彼女でもいいのだが）恐怖で凍りついている。動くに動けないのだ。

英国人のエコノミスト、ピーター・タスカ氏が指摘したように、つい数年前、金利が五〜六パーセントだった時は、六千万円の定期預金があれば、税をとられるとしても、〈年間三百万円の収入を確保する〉ことができた。生活は人によって差があるが、これに年金が加われば、失業、怪我に備えられた。しかし、現在、〈年間三百万円の収入〉を金利で得るためにはどれほどの金が必要か、ぼくには見当もつかない。これをタスカ氏は――

1　低金利の悪作用

と呼んでいる。

分《ぶん》相応の消費の希望が吹っ飛んだこの国は、果して資本主義国なのか？

2　家族の問題

六十六の夫婦だから〈自由〉かというと、そうでもない。

彼らの親の世代は、戦争を乗りこえたせいかどうか知らないが、根が丈夫である。インパール作戦の傷を負ったまま、車椅子で暮す九十代の父親がいたりする。夫婦は住宅ローンの支払いをつづけながら、病院又は老人ホームにいるインパール作戦生き残りの父親の面倒を見なければならないのだが、こうした老人問題が日本でひどく遅れていることはいうまでもない。

3　〈史上最大の景気対策〉というインチキ

景気対策を打ち出したものの、反響はさっぱりだ。

危機というと、木村屋にアンパンを買いに走ることしか知らない橋本某が首相になってから、政府・政治家・役人・銀行等々がすべてインチキであり、彼らが組んでコンゲーム（信用詐欺）をおこなっていることが国民の目に明らかになったからである。

タスカ氏の説では、一九九〇年代に入って日本の公共事業費は国内総生産の十パーセントにまで上昇した、という。

しかし、〈公共事業を増やすだけでは、日本社会全体の富の基盤を強くすることはできない〉し、間違った使われ方をしている。ハードのインフラ整備（変な干拓工事をやったり、やたらに道路を掘りかえすこと〉では効果は期待できない。〈日本にとって本当に必要なのは規制緩和による航空運賃引き下げなどソフト面でのインフラである。〉

タスカ氏に指摘されると、なんだ、おれがいつも思っていることじゃないか、と気がつく。航空運賃の高さなど、当り前のことに、日本のマスコミ、エコノミストは決して触れない。

1、2、3について高齢者は漠然とした不安、不満、あるいは怒りを感じている。この世代が〈「聖戦」で一度ダマされた〉人たちであるのも知っておいた方がいい。

参院選が片づいたら国民の税金を銀行の不良債権処理につぎ込もう、と橋本政権が考えていることは知らなくても、「わしのズボンのまわりで何か不正がおこなわれている」(byグルーチョ・マルクス)ことぐらいは感じとっている。先行きがはっきり見えないから、不安は恐怖に変る。恐怖心を抱いたら、人は五十円の半袖シャツも買わないのだ。

('98・6・18)

みっともない語辞典

日本語の乱れがずいぶんいわれてきたが、この二、三年、それらを嘆いてきた文化人、ベテランのアナウンサー、テレビのキャスター、学者――この連中の日本語がおかしくなった。

理由を推測するに、活字だとわからないが、彼らがテレビ・ラジオで喋ると、アクセント、イントネーションの狂いがバレてしまうのだ。子供のころから、東京出身の落語家の噺《はなし》をふつうに聴いていれば、こんなことはなかったのだが。

お時間の都合で、いきなり、実例に入る。

生きざま――〈死にざま〉という言葉はあったが、こんな言葉はなかった。恥ずかしい言葉の定番である。しかし、学者はそうは感じないらしく、辞典にも入っている。〈死にざま〉の〈ざま〉は〈ざまァ見ろ〉の〈ざま〉で、否定的な意味合いがあると思うが、そうではないと断っている辞書もある。とにかく、みっともない言葉である。使いたい人は、使って、恥をかき、〈生きざまをさら〉して欲しい。

癒し――ヒーリングの訳である。要するに、バブルが弾け、無能な政治家・官僚が支配する国で生きていると疲れる。なんとかしたい。温泉でも休みたい。そういう感情がひろがっているところに、えせ文化人と商売人がつけこんできた。アロマテラピー、ハーブティ、癒しの音楽、癒しの小説――モノよりココロの時代でございます、ひとついかがでしょうか、というわけで、どなたかが〈癒し〉という言葉は〈卑しい〉とはっきり言った。それが正解。

温度差――この言葉は例の温泉キャスター（阪神大震災の被災地のケムリを見て「温泉のようです」と言った男）が使ったので、初めて知った。なにしろ「TBSは死にました」と明言して、その死体の上で平然と仕事をしているハイエナのようなキャスターである。うさんくさい人物はうさんくさい言葉を吐く。

使用例――「ひとくちに核といっても、日本とインド・パキスタンでは温度差があります」

どうやら〈受けとめ方の差〉といった意味らしい。〈感覚、熱意の差〉とでもいうのか。それなら、はっきり、そう言えばいい。意味がありそうで何の意味もないえせインテリ用語。

疑問形風強引話法――これはまあ、現在、もっとも流行しているでしょう。「聖子の事務所？　オフィス？　音事協《おんじきよう》に入ってないらしいけど、事務所サイド？　そっちからテレビ局に通達？　があったのよ」――私鉄の中での会話である。電車の中は女子高生の数が多く、この話法があちこちで炸裂している。

疑問形は初めは自信のなさから始まったのだと思う。まちがってないかしら、私の言葉？　という風に。この話法、Ｂ級アイドルがラジオで使っているぶんには、聞き流していられる。

よくないのはオヤジ族が使い出したことだ。四十代になって流行に媚《こ》びるのはみっともないのだが、某野球解説者の例――「二番はやはり、バントですよ。バントで一点？　入れられる可能性があるわけですから」。高名なピッチャーだった男が、なぜ〈一点？〉で言葉を区切るのか。無意識のうちに流行にまき込まれているわけで、そのくせ、最後は断定する。〈自信のなさそうな押し売りの居直り〉に似ている。

自分探し――これは色々な意味がある。青春の中で、あるいは五十を過ぎて、〈自分は何者であるか？〉（自分は何者であったか？）を考えるのは、まあ、意味がないとはいわない。ぼくなど、いまだに探しつづけているのだが。――これを〈自分探し〉と文字にしたとたんに、うさんくさくなる。〈宝探し〉みたいにも見える。こういう言葉を口にしたり、活字にしたりする神経がいやで、おまえには〈自分〉なんてご大層なものはないのだ、と言ってやりたくなる。

うさんくささからみて〈温度差〉と同じくらいの言葉。

トホホ――主として（　）の中で用いられる。一時、（笑）というのが流行したが、さすがに少くなった。今使うと、莫迦《ばか》に見えますからね。

〈トホホ〉はぼくが生れたころ、いや、もっと前だろうか、漫画の吹き出しの中に、やたらに使われていた。それをもう一度使うのが新しい、とかリクツがあるにきまっているが、みっともないことは変らない。恰好が悪い。

なにげに――〈なにげなく〉をこのように言うのです、いつからかは知らないけど。

スラング、内輪の言葉というのは昔からあったので、ぼくも、相手がファッションモデルだと、わざと「あんまし……」などと言い、逆に言葉を直されたりした。ふつうの言葉とスラングの使い分けは、若いころはけっこう楽しいのだが、近年、その垣根がこわれたらしい。五十代のラジオ・パーソナリティが「なにげに見ると……」なんて言っている。元アナウンサーなのに。

生足（なまあし）――これもスラングとして使っているぶんにはいいのだが、マスコミはもろに使いますからね。〈素足《すあし》〉じゃないんです、これ。〈足〉じゃなくて、〈脚〉が全部むき出しということです。

でも、（それがどうした？）という気分もある。昭和二十年代の少くとも前半は、大半の女性はナマアシで、ぼくはそれが当然と思っていた。ストッキングなんて入手できなかったのだから。

ブイブイいわせる——たいていのスラングは、十代の女の子なら許せる、という甘さがぼくにはあるのだが、これだけは我慢できない。下品ですよね。——「広尾のマンションに住んで、六本木でブイブイいわせてんのよ」〈六本木で鳴らしていた〉という日本語があるだろうに。

フェチ——サッカー・フェチとか中田フェチとか、よくも言いますなあ。フェティシズムをフェチと書いたのは、昭和二十年代の「奇《き》譚《たん》クラブ」が初めてと記憶するが、単なる〈ファン〉〈マニア〉をこのごろはフェチと書くのです。フェティシズムに対して失礼です、これは。

マッタリした——これは味覚についての紋切型の表現だったが、今はちがうのです。「温泉につかってマッタリした気分」という風に、〈のんびり〉〈くつろいだ〉の意味になっている。橋本内閣の超悪政下、国民はマッタリしているのでしょうか？

（'98・6・25）

〈少子化〉と〈惜敗《せきはい》〉

前回に続いて、〈どうも神経にさわる言葉〉をもう少し——。

ずばりといえば、〈惜敗〉と〈少子化〉です。ただし、この二つ、前回の〈ブイブイいわせる〉や〈マッタリした〉といった表層的な流行語とちがって、日本人の精神、発想、生活と密接に結びついている。

つまり——〈逃げの表現〉ということです。事態を直視しない、あるいは、自分に都合の良いように表現を変える。驚くべきことに、これは太平洋戦争、いや戦前から、ずーっと続いているのです。

で、まず、〈惜敗〉。

サッカー・ワールドカップで久々に前面に出てきたコトバで、日本がアルゼンチン戦で0－1で負けた時、全新聞の半分がこのコトバを見出しに使ったそうですな。

ラジオで広岡達朗さんが、むかし、大リーガーが日本にきて、こちらの大投手・大打者と戦っても、0－1で日本が負けるなんてことがあった。実力がまるで違っても、勝負ごとの世界では〈惜敗〉に見えることがある。つまりは数字のマジック――と、広岡さんはそこまでは言わなかったけど、これは本当は〈敗北〉と表現するのが正しい。おそらく、新聞は読者に気をつかって、あるいは本気で、〈惜敗〉というコトバにしたのでしょう。なにしろ、1点違いなのは確かですから。

ここで、ポンと五十数年前にとびますが、太平洋戦争なんてのは〈惜敗〉の連続だった。新聞によれば、ですが。最初の真珠湾からの半年間だけが〈大勝〉で、ミッドウェー以降はずっと〈惜敗〉です。

手元に朝日新聞の縮刷版がありますが、昭和十九年ともなると、涙ぐましい。

〈優秀な敵機と死闘〉（五月三十日）

これはインパール作戦の記事です。この時代に〈敵機〉を〈優秀な〉と形容するのは勇気が要《い》ったと思います。しかし、そう認めざるを得なくなった。本当は〈惜敗〉か〈敗北〉か〈大敗〉といった表現がふさわしいのですが、〈敗〉の一字は絶対に使えなかった。だから、こうした〈自虐的〉表現になったわけです。以来五十数年間、マスコミはこうしたアイマイな、裏を読まないと何が起こっているのかわからない書き方をしてきたわけです。

〈少子化〉――これもやたらに使われます。ざっくばらんにいえば、日本で赤ん坊が産まれなくなったことです。せめて〈産児減少〉とでもいえばいいのに、役人が知恵を絞って思いついたコトバが〈少子化〉。これだと、まるで自然体系として子供が産まれなくなったように見える。言葉の逃げ、すりかえ、といった初歩のマジックです。

厚生省は他の原因ばかり挙げていますが、第一の理由は〈経済的な不安〉でしょう。〈橋本不況〉のおかげといってもいい。

まず、若い世代が子供を作らない理由ですが、これは厚生省の調査でも、次のようになっている。

1　子育てにお金がかかる
2　教育にお金がかかる
3　家が狭い

いずれも、もっともな理由ですが、時代が違うとはいえ、これは、十年前、二十年前にも同じだったわけですから、本当の理由はちがうと思います。

はっきりいえば、不透明な時代、いや、お先真暗《さきまっくら》。こんな時代に子育てなんて、と怯える気持があるのでしょう。

橋本内閣二年半の間に、ドル・ベースでみる日本企業の価値は約半分になっているそうです。一ドル＝一〇四円がいまや一五〇円になろうかというところで、平均株価の値下りはご存じの通りです。

某紙の表現によれば〈日本を叩き売りして自分の延命をはかっている〉首相ですが、こういう人を、昔は売国《ばいこく》なんとかといったような気がします。言い過ぎだったら失礼。

この〈橋本不況〉から生じる不安感には前途の希望がまったくない。しかも首相はやめる様子が全くないし、責任をとる気もない。出生率が一・三九と史上最低になったのは当然のような気がします。

働く女性の晩婚化（この晩婚というのは差別用語の一種ではないでしょうか）が進み、離婚が最高を更新するのは、すべて〈少子化〉につながっていると思います。妙な男と結婚して狭いところに暮すなんて、仕事が面白い女性には不可能でしょう。

さて、男の側の問題です。

環境ホルモンからくる精子の減少という問題もあるのでしょうが、これは素人のぼくにはわからない。

最近、ある本で知ったのですが、童貞（すごい言葉です）が増えているのですね。

もう一つ、童貞を失ったとしても、セックスそのものがいやだ、面倒くさい、という〈感じのいい若い男〉が増えているようです。

夫婦間のセックスレスという、ある意味では陳腐なこととはちがうのです。

見るからにオタクっぽくて、肥って、眼鏡をかけて、というタイプではなく、身長一八〇から一七〇、金城武かキムタクかという美男が、

「三年ぐらいセックスをしていなくて……」

と、ゆっくり喋り出したら、ぼくも少しは慌てるでしょう。

この人たちは〈そーゆーことをしないと一人前の男と思われない恐れがあるから、まあ、時と場合に応じてはするけれども、気持がよくはない〉という考えです。だから、セックスに〈愛〉とか、そうしたものは関係ない。根本を探ってみると、

「自分が傷つきたくない」

という気持があるようです。

が、その本を読んでも、ぼくは驚きはしなかった。同世代でそういう人がいたからです。今にして思えば、彼はこの方面の先駆者というべきでしょう。

若いころ、彼に「女の子の方はどう?」と訊くと、「またまた」と言って笑っていました。お断りしておきますが、彼はホモセクシュアルではありません。

いずれにせよ、〈少子化〉はもっと進むでしょう。その方が日本のためにも良いとぼくは思うのですが。

('98・7・2)

古今亭志ん生の「寝床」

土曜日の夕方、のんびりとラジオを聞いていると、伊東四朗さんが、「笑いってのは、時代によって受けとり方が変化すると思うのだけど、志ん生さんのおかしさは今でも新鮮なんだなあ。志ん生さんとビートルズは変らないんだよな」と、独特の口調で語っていた。

ほぼそのころ、会社が忙しいのに、都内の某演芸場に四夜通った娘が、古今亭志ん朝さんの「船徳」と「寝床」が聴けたといって喜んでいた。志ん朝さんを聴くために通ったのである。

古今亭志ん生の抱腹絶倒の「寝床」を、ふと想い出したのは、そうした事情からである。

今でこそ、〈志ん生・文楽〉という言い方をするが、昭和三十年代には〈文楽・志ん生〉と大人たちは言っていた。名人上手がそろっていた黄金時代だが、この二人は飛び抜けていた。

戦前から名人といわれていたという八代目桂文楽に対して、五代目古今亭志ん生は形容の仕様《しよう》がなかった。

敗戦によって満洲から引き揚げてきた志ん生の名をぼくが知ったのは、当然というか、戦後である。五十七歳の志ん生は物凄い人気で、高座のみならず、「銀座カンカン娘」「クイズ狂時代」などという映画にも出ている。本職の落語はどうかというと、〈文楽が幇間物《ほうかんもの》や若旦那物の名人なら、志ん生は廓《くるわ》ばなしや長屋物の名人と呼ばれて少しもおかしくなかった〉と結城昌治氏は名著「志ん生一代」に記している。

一九五六年（昭和三十一年）に芸術祭賞を得た「お直し」はラジオできいてふるえがきた。落ちてゆく男女のしがらみをこれほど深く鋭く抉《えぐ》った噺《はなし》はない。凄い人だなあ、というのが実感であった。

そういう人なのに、一九六〇年ごろ、日本テレビの「光子の窓」ではフルシチョフに扮している。そりゃ、一寸見《ちよつとみ》は似ているけれどさ。ま、平気でそういうコトをやってしまう〈構えない〉感じが二十代のぼくたちにはこたえられなかった。志ん生、この時、七十歳。

ユーモアの感覚が明治の人ではないのである。

エリザベス女王が若くてきれいだったころの話だが、志ん生は、

「いい女だ。花魁《おいらん》の恰好《なり》をさせたいね」

と、不思議なホメ方をしていた。

いわゆる〈落語通〉の老人たちが渋い顔をし、ぼくたちが彼のユーモアに、例えば上質のアメリカ喜劇映画に通じるものを感じて支持したのがお解りいただけるであろうか。

さて、「寝床」である。「寝床」といえば桂文楽の十八番《おはこ》と決まっている。

まことに人間の出来た人だが、下手な義太夫《ぎだゆう》を語りたがるのが唯一の欠点という大店《おおだな》の旦那がいる。

ある日、義太夫を語りたい発作が起きて、番頭に長屋の連中を呼びに行かせるが、みんな慣れているから、病気だとか成田へ行くとか口実を作って、出てこない。それじゃ、店《うち》の者は、と旦那が言うと、だれは脚気《かつけ》、あれは胃痛、と番頭は述べ立て、結局、全員が義太夫を拒否する。

さすがの旦那も嫌われているのが分かって、かっとなり、「よせばいいんだろう、よせば」と言葉を荒げる。「その代り、長屋の者には全部出て行ってもらう。店《みせ》の者一同には今日限り、ひまを上げます……」

映画でいえば、ここでワイプになって（少々時間がたって）、再び、番頭が旦那の前に現れ、「ええ、長屋の衆が見えました」と報告する。旦那は初めは拗《す》ねているが、やむなくやってきた長屋の連中の見えすいた世辞にのせられて、「では、仮名手本忠臣蔵を大序から十一段目の討入りまで語ってみましょうか」という風に変ってしまう。拗ねていた旦那がしだいに変ってゆく、その微妙なおかしさが、文楽版「寝床」のみそである。「寝床」といえば〈文楽十八番の〉と付いた昭和二十、三十年代、円生も、可楽も、演出に多少の差はあっても、文楽ヴァージョンを踏襲していた。

で、志ん生である。

この人の「寝床」をラジオできいたのは昭和二十年代後半であるが、いやー、不思議なものであった。

志ん生はまずマクラが面白い、といわれるが、娘義太夫の想い出から入り、歌好きがいかに傍迷惑《はためいわく》なものかについて、くすぐり（ギャグ）を次々にならべる。

本題に入って出てくる旦那はただもう、メイワクきわまる人物で、

「咳をする客は困るよ。息をするのはいいけれども」

とか、

「子供はいけないよ、義太夫なんて分かりゃしないんだから。（間を置いて）大人だって分からないいんだけれども」

と言う。

旦那が怒り出すプロセスにもくすぐりが詰まっていて、店の者が長屋の連中を再度呼

びに行く。ここからは完全にアメリカのほらばなしの世界である。

「あの声てえのは人間のものじゃない。そこのご隠居が若いじぶん、旅をしていて山火事にあった時、ウワバミが焼き殺された声に似てるって」

という風に、〈恐るべき義太夫の声 vs. まわりの人々〉の災害ギャグがくりひろげられる。そして、長屋の一人が店の者に向って、逆に説明する。

以前、お店《たな》に彦兵衛という番頭がいた。旦那は彦兵衛とさし向いで義太夫を語ったが、番頭は耐えきれず、外に逃げ出した。

「待て！」

と叫ぶ旦那が、追っかけながら義太夫を語るというのもおかしいが、番頭は蔵に逃げ込み、中から鍵をかける。蔵のまわりをぐるぐるまわっていた旦那は、蔵の上の方に窓があるのに気づき、そこから義太夫を語り込む。その声は蔵の中で渦を巻き、番頭は行方不明になった。――その番頭は今どうしてると思う、ドイツにいるんだ。

こういう凄いサゲである。

ＬＰもテープもＣＤもない今から三十数年前、ぼくがこの噺を活字にすると、一面識もない安藤鶴夫さんから葉書がきて、〈あの〝義太夫を語り込む〟ギャグは故人の柳家三語楼が始めたものです〉と教えられた。三語楼は、かつて、志ん生の師匠だった人で、志ん生の次男、強次（のちの志ん朝）の名付け親でもある。

平成の名人、志ん朝さんがこの「寝床」を演じるとどうなるか……残念ながらお時間のようで。

（'98・7・9）

サッカー・ファシズム

汗にまみれて　ペダルを踏んで
行くやジョホール　ジョホールへ

——という歌を、子供のころ、よく耳にした。馬来《マレー》半島攻略の日本帝国銀輪《じてんしゃ》部隊の南下の歌である。

昨年の秋、マレーシアのジョホールバルで、日本のサッカー・チームがイランと対戦するときいて想い出したのは、あの歌である。〈ジョホール〉というのがジョホールバルをさしているのは、いうまでもない。

いやな予感がした。サポーターと称する人たちの多くはシンガポールに泊り、歌とは逆に〈ジョホール〉へ北上するという。

シンガポールには有名な〈市民戦没者追悼碑〉がある。高さ七十メートルの白い塔で、日本軍に虐殺された中国人の追悼の碑である。その数は四万〜六万人で、碑の中国名は〈日本占領時期死難人民紀念碑〉。この前に立ってVサインをしている日本のカップルをぼくは何組も見ているから、サポーターたちが似たようなことをやるのが容易に想像できて、ぞっとした。

3対2で日本はイランに勝った。第二の真珠湾またはマレー沖海戦である。

〈**緒戦《しょせん》の勝利**〉

というやつで、以後、日本の大衆はさして興味がなかったサッカーに熱狂するようになる。

いやが上にも盛り上げたのは大新聞、スポーツ紙、テレビ——特にNHKである。大新聞とNHKの過剰な報道によって、むかしと同じに日本人独特のナショナリズムが燃え上った。一九九八年六月に対するのは、アルゼンチン、クロアチア、ジャマイカであるが、いつの間にか、一勝一敗一分けだろうという予測が生れた。サッカーに無知なぼくでも、どうしてそんな自信が持てるのか、と不審だった。

サッカー通は「三敗する」と思っていたが、大声ではいえない。大衆によって袋叩きにされる。煽動するのがマスコミだから、たまったものではない。

〈**理由なき自信**〉

この光景が半年つづいた。

名前はあげないが、どう見ても日本人とは見えない男がテレビの画面から〈日本選手の自信〉〈日本人の愛国心〉を異常なテンションで呼びかけつづけた。

（これはミニ太平洋戦争だな）とぼくは思った。太平洋戦争に突入したころの日本人の熱狂と興奮が再現されていた。

戦後最悪の不況、デフレ、失業者の増大――それらをワールドカップの熱狂がおおってしまった。

六月が近づくと、会社をやめてフランスへ行き、「燃え尽きる」と称する男女をテレビで見かけた。ぜひ、向うで燃え尽きて欲しいと思った。

南こうせつとマイケル・ホイを足して二で割ったような、というか、香港映画に出てくる日本人みたいな人物が監督になり、カズという選手を切ったあたりから大衆の感情はエキセントリックになり、「さすが監督だ」という声が大きくなる。カズはさしずめ、マレー作戦第二十五軍司令官・山下奉文《ともゆき》が左遷された時のような塩梅《あんばい》で、彼に同情する声もあり、監督《おかちゃん》はトージョーのごとき立場となった。

〈ミッドウェー以後〉

ＮＨＫは戦時中にも劣らぬ煽動ぶりを見せた。なにしろ、夜のニュースのトップがＷ杯である。〈橋本不況〉など、かなり後《あと》の方になる。六月十八日に来日したサマーズ米財務副長官の一行は、日本経済が崩壊寸前なのに、日本人はサッカーのことしか考えていない、と本国に報告したと伝えられる。

それにしても、ＮＨＫの視聴率獲得作戦は常軌を逸していた。ワールドカップはＮＨ

Kで、BSで、というCM風の映像が入り、〈NHKはあなたの受信料で支えられています〉といった文字が出る。ナンシー関さんではないが、「何様《なにさま》のつもり」と言いたい。

六月十四日、日本はアルゼンチンに0対1で敗れた。NHKはBSと合せて六十数パーセントの視聴率をとったと宣言した。あえてPRするまでもないのに、民放ラジオ局がこの件をトップで報じたのは人が善すぎる。

この辺りから〈言論統制〉がきびしくなる。読者の投書という形で叩かれるのである。サッカーに興味がないと発言した人間は〈非国民〉として新聞で叩かれる。

現在、マスコミの第一線にいる人たちは戦時中の報道のあり方、言論統制を知らない。第一線どころか、〈戦争を知らない五十代〉が上の方にいる。彼らは自分たちが〈太平洋戦争中の愚行〉をくりかえしていることに全く気づいていない。

二十日のクロアチア戦で、クロアチアの主将ボバンが欠場するときいて、これで日本が有利になった、という声が多かった。

似たような報道をぼくは想い出す。一九四五年四月十二日にアメリカのローズベルト大統領が死去した時、これでアメリカもおしまいだという報道があった。冗談じゃない、ぼくの家はとっくにB29によって焼き払われていたのである。おしまいなのは、こっちであった。日本は0対1でクロアチアに敗れた。

〈サイパン島玉砕〉

ここらから大本営《たてまえ》発表にがたがきて、敗戦の責任者探しが始まる。監督が悪い、にやにやしていた選手が悪い、といっているうちに、二十六日、ジャマイカに1対2で敗れ、監督は辞任を表明、戦犯探しが本格的になる。監督を選んだ日本サッカー協会、特に会長に責任があるに決まっているのだが、会長はやめるとは言わない。

ここは、やはり、あれでしょうね。五十三年前の敗戦後の〈一億総懺悔《そうざんげ》〉が出てくるのでしょうね。

選手もがんばった、監督もがんばった、サポーターもがんばった、そんな責任追及はやめて、一億一心、平和国家建設のために、いや、二〇〇二年のサッカーのために粉骨《ふんこつ》砕身《さいしん》いたしましょう――といったところで手打ちになる。日本人の発想のパターンです。

予想通りにことが進行したからといって、ぼくは楽しんでいるわけではない。

サッカーによって、戦後最悪の〈国難〉のさなかの参院選から国民は完全に目をそらされている。知恵者《ちえしゃ》というか曲者というか、投票日を七月十二日に決めた人がいるのだ。この日の深夜にW杯の決勝戦があるのは偶然でしょうか？

（'98・7・16）

現代〈恥語〉ノート

泉麻人さんから手紙を頂いた。第24回の〈みっともない語辞典〉の〈トホホ〉に触れて、このごろはまともな編集者さえ「トホホな本」といった惹句《コピー》を作る傾向がある、と書いておられた。

泉さんは、こういった恥ずかしい言葉を〈恥語《ちご》〉と呼んでいる。ぼくは某岩波新書で「現代〈死語〉ノート」というのを出しているので、丁度いい、今回は「現代〈恥語〉ノート」でいこう。泉さん、すみません。

アイデンティティ――〈自分という存在の独立性についての自覚〉である。そもそもアメリカのユダヤ系市民が……といった長い説明が必要だったのが、中曾根元首相がきわめて日本的にした。戦後政治の総決算を叫んだ時に、「日本人としてのアイデンティティは……」。要するに、気がまえ、覚悟を経て、それは〈大和魂〉であるという分かり易さ。英語使う必要ないだろうが。

奥が深い――主として半素人リポーターが用いる。小さなラーメン屋で、サラリーマンから転業して三年という主人に、うちはどこどこの牛骨を仕入れて一晩煮込んで、とウンチクをきかされて、「うーん、奥が深いですねえ！」と嘆息する。親の顔が見たい。

お宝――言葉じたいはテレビの「開運！　なんでも鑑定団」あたりから出たものだろう。初めは特定のアイドルのテレカがなぜか三十万円もする、これはお宝だ、といったところから始まり、今を時めく女優・アイドルの売り出し時の水着写真、全裸ヌード、なにやら恥ずかしい写真を〈お宝〉と称するようになった。火がついたのはＺＡＲＤの坂井泉水《いずみ》写真集の発掘からで、一九九六年七月には「お宝ガールズ」という専門誌が出、類似誌が続出、週刊誌や写真誌までがこの言葉を使うようになった。この種の発掘の始まりは雑誌「宝島」ではなかったか。〈お宝〉には性的なニュアンスがあると考えておくべきだ。

アイウエオ順が崩れるが、関連する言葉として、

ハミ乳《ちち》＝はみパイ――がある。胸の大きな女性の場合、ビキニ、イヴニングで〈**巨乳**〉がはみ出そうになる。まあ、はみ出すように作ってあるのだが、先日、テレビドラマの発表の席で、飯島直子が黒い〈大胆ハミ乳〉イヴニングを着て現れ、芸能ニュースで四十、五十のオッサンたちがはしゃいでいた。〈ハミ乳〉なんてよく言葉に出せると思う。文字で書いても、尾骶骨《びていこつ》の辺がムズムズするのに。

半けつ——これも〈お宝〉関連語。女優、アイドル、歌手には〈**キャンギャル**＝キャンペーン・ガール〉出身者が多く、デビューのころは水着を着ている。レースクイーン時代にしても同じこと。ひところ流行した極端なハイレグ水着だと、お尻がかなり出てしまうのです。これが〈半けつ〉で、お宝マニアの一部は珍重している。

お笑い——ぼくが〈お笑い〉という言葉は使わないと書いたら、私もそうだ、と伊東四朗さんから手紙がきた。これは〈笑い〉でいい。「お笑い三人組」という古いＮＨＫの番組があるので困るのだが、「お笑いさん」というのは差別的ニュアンスがあると思う。これについて書くと長くなるので、やめるが、こんな言葉の一般化は一九七〇年からあとのものだと思うが、どうか。

こだわり——テレビの〈グルメ番組〉から出たもので、〈奥が深い〉と同じく、本来の意味とちがう使い方をされている。

たとえば、古いそば屋の主人が、この壺の中の秘伝のたれは関東大震災の時も東京大空襲の時も猛火の中を持ち出したのです、と重々しく言う。本当か嘘かわからないが、リポーター（主としてひまな役者）は、む、む、という表情で、「こだわってますねえ」と感心して見せる。まして、粉は長野のどこから取り寄せ、こんな風に打ちます、とやってみせると、「そば一つにこのこだわり」とリポーターはコメントする。

あのね、職人というのはこだわるのですよ。名店に住み込んで技術を盗み、中年に達して自分で開業する。こだわらない職人というのは、ただのボンクラです。

熟女——なんでしょうか、これは。中年女といえないからこう呼ぶのだろうが、なんかキタナイ感じがする。〈熟女ヌード〉なんて気持が悪いです。ジュクという語感のせいでしょうか。

立ち上げる——「ハイブリッド新辞林」にはすでに出ていて、元はコンピューター関係なのですね。「パソコンを立ち上げる」という用例が出ておりました。

それが、このごろは、〈企画を立ち上げる〉などという。ミーティングが二回あるとして、「今日は立ち上げですから、この次は企画をもっと責めます」と、まるでＳＭである。いやな日本語が一つ増えた。

ていうかァ——これはもう電車の中、オフィスの中、渋谷のセンター街に溢れている。「ていうかァ、チアキ（原千晶）の場合はァ、『失楽園』で森田が使ったようなハバがあるじゃん」

映画「失楽園」で窓際族サラリーマンにお茶をくばっていた眼鏡をかけた原千晶は演技派でもある、テレビの「ワンダフル」や写真集「ボラボラ」だけの人じゃない——彼女はこう言いたいのです。

〈ていうかァ〉は〈しかし〉ではないのですね。〈しかし〉に近いけれども、もう少しソフトに、「私の意見もきいて」「こんな風な見方もできると思う」という感じの接続詞なのです。

これはそう恥ずかしい言葉ではないのだが、「ていうか」と「ていうかァ」で、大分ちがいますね。それから、女の子が美人かそうでないかによっても異る。少くともぼくの場合。

紋切型語尾――これは新聞記事の問題である。記者の発想のパターン化を示すもの。たとえば、竹下元首相の談話だと、「まあ、××もそろそろだわな」と必ず〈だわな〉で終っている。〈だわな〉と言わない時だってあるだろうに。

ヤクルトの野村監督だと、「巨人の打線はまるでオールスターだわい」と必ず〈だわい〉で決めている。記者の頭の中にはパターンが一つしかないのか、それとも手を抜いているのか。そろそろ考えてみる時だわな。

('98・7・23)

お台場の向うの標的

〈いつもならば、とうに今頃《いまごろ》はもっと深いところに移って行っているのであったけれども、今年はどうしてかまだ鯔《ぼら》が近くにいて、よく釣れるので、それのための舟は台場《だいば》の先の方まで何隻《なんせき》も何隻も出て行った。〉

作家・田山花袋《かたい》（一八七一〜一九三〇）の「東京震災記」の終りの方の一部である。関東大震災のあと、冬が近づいても、東京湾の浅いところにまだボラがいた、という気味の悪い文章であるが、〈台場の先の方まで〉というのが面白い。こんなに遠くまで、という意味であるが、この〈台場〉は現在の若者風俗のメッカ、例の〈お台場〉のことである。

ころは幕末、東京湾に黒船がくるといけないというので、一八五三年から一年三カ月の間に、品川沖に七つの砲台が作られた。第四と第七の砲台は未完成に終り、昭和にかけて、次々と取りこわされ、第三、第六台場が辛うじて原型を残した。

〈お台場〉という呼び方は昔からあったわけで、べつに最近のものではない。ちなみに、レインボーブリッジの脇のお台場海浜公園がどうやら第三台場で、芝浦に向って左側にあるのが第六台場。江川太郎左衛門《たろざえもん》、苦心の跡《あと》である。

出不精《でぶしょう》のぼくがお台場に来たのは三度目だが、初めて来た時はホテルなどなかった。フジテレビの建物（ぼくと友人はタマキン・ビルと呼んでいる）とテレコムセンター、あと少々の建物だけで、草ぼうぼうの荒地がどこまでも続いていた。典型的なバブル後遺症で、なんという税金の無駄づかいかと思うだけであった。

いまや、フジテレビの建物は〈営業中〉である。あのタマ——球体の中は上半分が展望台、下半分がレストラン——の設計者の名はあとで明かすが、土産物売り場で〈球体君〉という人形焼きを七百十円で売っているのには笑った。

ホテル日航ができ、今年の六月一日にはホテル　グランパシフィック　メリディアンがオープンした。後者のフロントにはお上りさんが列をなしていた。

しかし、まあ、寒々しい眺めである。ウイークデイの曇天では浜辺（？）に水着の女性もいず、フジテレビに向って松明《たいまつ》（昼間でも灯が点っている）をかかげる自由の女神は少し斜めになっている。自由の女神って、海の方を向いているものではないだろうか。フジテレビの方を向いていると、ドラマ「ショムニ」のＯＬパワーのＰＲのように見える。台場というのは東京生れの人間にとってはなにか恰好悪い言葉なのだが、同じフジテレビのビルの中にあるニッポン放送は、たしかダイヴァーズ・ステーションと自称していた気がする。

台場＝ダイヴァー――すばらしい語呂合せですね。拍手してあげましょう。でも、タレントにとってこの社屋移転（ニッポン放送は以前は有楽町にあった）は迷惑きわまりないのではないでしょうか。

世にも莫迦莫迦《ばかばか》しいこのウォーターフロント計画（↑死語）のからくりを知ったのは、枝川公一氏の隠れた名著「東京はいつまで東京でいつづけるか」によってである。

そもそも――と改まるほどのことでもないが、江戸の町は江戸城を中心に下町と山の手が向い合う形をとっている。江戸が東京に変ってからも、放射状の町を山手線《やまのて》がぐるっと一めぐりするという形は変っていない。

問題はこのあとである。

三木のり平にそっくりといわれた丹下健三という人物が「東京計画・1960」なる〈東京改造計画〉を発表した。マサチューセッツ工科大学で研究中に練られたというのだが、文字通り、一九六〇年に発表された。

ひとことでいえば、〈新宿から都区内を経て東京湾を貫き、千葉県の木更津《きさらづ》に達する新しい「都市軸」を設定する〉というもので、今となってみれば〈高度成長初期にふさわしい妄想〉であるが、〈妄想〉が権力と結びつくとどういうことになるか？　東龍太郎《あずまりようたろう》という都知事の下で八年間も筆頭副知事をつとめた鈴木俊一がこの〈構想＝妄想〉に飛びついた。それがいかなる欲望にもとづくかは定かではないが。

ただ、その痕跡《こんせき》として、

1　東都知事の下にいた時、鈴木はすでに淀橋浄水場を埋め立て、新宿副都心を作る準備をしている。

2　美濃部都知事が丸の内の都庁舎を改築する方針だったのに反して、鈴木が都知事になってから、都庁舎新宿移転の動きが始まる。

3　臨海部（ウォーターフロント）の埋め立て事業に、鈴木は〈積極的に〉かかわった。常識では考えられない鈴木の〈大土建事業〉の基本は丹下の構想にあった。

ここまで書けば、読者は察しがつくと思うが、お台場のタマキン・ビルの設計者は丹下健三である。また、新宿の都庁舎、タックス・タワーやらバブルの塔といわれた中世の教会のような陰気な建物の設計者が丹下であるのは言うまでもない。つまり、鈴木・丹下コンビがバブル期に盛大な〈東京殺し〉をおこなったと考えていい。

バブルが弾けて、もっとも中途半端になったのはお台場である。今でも、あちこちに草地があり、鈴木が〈都市軸〉完成記念のイヴェントとして固執した都市博中止の夢のあといった趣きがある。青島都知事はどうするつもりなのか?

……といったことを考えながら、ぼくはホテル日航のカフェで、灰色の東京湾を眺めていた。

〈妄想〉と書いたのは決してオーバーではないので、最初の「東京計画・1960」を図解したものを見た時は、わが目を疑ったほどである。

鈴木・丹下コンビに欠けていたのは、こんな風に乱暴に東京を変える必要があるのかという出発点の疑問である。それが人々を幸福にするかどうかという発想が全くなく、税金で強行すること、それによって生じる自分たちの利益を考えるのが精一杯であった。

自民党の次に撃つべきは都庁とその役人たちだな、とぼくは考えた。東京都の情報の全公開の要求から始めるのが段取りだろうか。

('98・7・30)

アキラ映画の予告篇集

日本の大人が一日に一人は自殺しているとラジオが報じた。三十五歳以上の男が失業したら、ほぼ職はないとも言った。

そんな時代に、これを観たら、あるいは自殺を思いとどまるかも知れないというビデオを観た。「小林旭《あきら》予告篇集」という五十九分のビデオである。大人の夏休み向きといえるかも知れない。時間つぶしに観はじめたのだが、次第にコウフンしてきて、妙に元気が出、その夜は眠れなくて困った。

小林旭とは何者か?

まず数字をあげると、かつての日活で四年間に四十七本の主演映画を世に送った〈歌う銀幕スター〉である。月に一本の主演映画なんて、今時《いまどき》、考えられるだろうか。一九五九年から六二年までがそうで、その後も、月に一本とはいかないが、一九七一年、つまり会社が潰れるまで、おびただしい主演映画を撮り続けたスターである。

世間のイメージでは、彼、アキラは〈渡り鳥シリーズの人〉であるが、アクションのみならず、文芸映画、やくざ映画にも出演した。一九六〇年代後半の秀作「縄張《シマ》はもらった」のダボシャツを着たアキラは、東映での「仁義なき戦い」三、四、五部の武田明役に直結している。

「仁義なき戦い」第三部の「代理戦争」を観れば、アクションのみのイメージしかない小林旭の演技がいかにうまいか、唸らされるはずだ。日活時代にはみずから〈活劇スター〉と決めていたらしく、アート・フィルムの仕事は断っていた。断られた監督からぼくは話をきいている。

日本映画の衰退にともなって、往年のスターたちは仕事の場をテレビに移したが、一九七〇年代のアキラは（ぼくが知っている範囲内でも）彼向きのテレビ企画・シリーズ物を二つ断っている。なにか考えるところがあったのだろう。

ぼくが思うに、彼はジョン・トラヴォルタのような〈無意識過剰〉タイプのスターなので、トラヴォルタを蘇らせたタランティーノのような仕掛人がいないと、うまくいかないのではないか。

さて、「小林旭予告篇集」である。

彼の初期の〈渡り鳥シリーズ〉九本、〈流れ者シリーズ〉五本、計十四本の予告篇を当時のまま収録したというのが、まず、アイデア勝ちである。予告篇を観ているだけで、作っている側のパワーが伝わってくる。全十四本のうち、八本が一九六〇年というのも凄い。

〈九州宮崎に大ロケーション敢行〉

〈堂々完成　ご期待下さい〉

という大きな文字が日活スコープ、カラーの大画面に出る。月に一本で〈大ロケーション敢行〉はないだろう、と当時、ぼくはおかしかったのだが、アキラをフル回転させなければならない日活の事情もわかっていた。劇場とスターの少い日活は、とにかく、自転車操業をせざるを得なかったのである。

予告篇集を買ったついでに、ぼくは十四本のビデオも求めてしまったが、いや、これが笑わせる。小林旭はジョン・ウェインとエロール・フリン（ハリウッドの活劇スター・一九〇九〜一九五九）を観て育ったというが、女にのしかかる悪役を、

「品がねえぞ、ばかやろ！」

と叱りつけるシーンには大笑いした。

痩《や》せて妙ににやけた二枚目の流しが、ギター片手にキャバレーに入ってくる。いかに一九六〇年の四国とはいえ、ドアボーイぐらいはいるだろうに、誰もとめる者がない。悪玉のたむろしているキャバレーに平気で入ってきて、たのまれもしないのに「ズンドコ節」を歌いだす流れ者。悪玉もお客も、この異様な光景を、呆然と、あるいは陶然と

眺めるだけである。

「大暴れ風来坊」の一シーンなのだが、アクションと共に歌がこのスターの売り物であるのは承知の上なので、悪玉たちもツウコーラスまで静かに聴いている。

アキラ映画のこうした楽しみ方は映画ファンのたしなみなのだが、「小林旭予告篇集」には、さらに、二本の英語版予告篇が付いている。東南アジア向けなのか西海岸・ハワイ向けなのか、事情がわからないが、アキラの声は彼らしく、藤村有弘と高品格《たかしなかく》の会話の声は彼ららしく、英語に吹き替えられている。

タイトルも、

「海から来た流れ者」は〈From Secret Service with Love〉

「大暴れ風来坊」は〈A Man from Osaka〉

——で、予告篇のコピーの英語もかなりおかしい。

だが、これらの作品が二百本も香港に売られたのは事実で、アキラの映画は一九七一年の香港ですでに有名であった。おかげで、ぼくの苗字も、現地でちゃんと発音してもらえた。

それらの映画を観て育ったチョウ・ユンファが、「男たちの挽歌」で小林旭そっくりの表情を見せたのは当然で、チョウ・ユンファも模倣を認めている。彼はそもそも小林

いない。

日活のアクション映画が香港のアクション映画にあたえた影響はまだ明らかにされていない。

話を一九六〇年に戻すと、アキラは、他に〈銀座旋風児《せんぷうじ》シリーズ〉と、「東京の暴れん坊」に始まる〈暴れん坊シリーズ〉をスタートさせていた。月に一本という計算はそこに成立する。

一九六一年に入ると、同じ日活の石原裕次郎の怪我、赤木圭一郎の事故死のために、スターのローテーションが崩れ、四月には小林旭・浅丘ルリ子共演の映画が二本封切られている。月に二本となると、さすがに末期症状という気がした。せめて半年に一本ぐらいのローテーションにしておけば、人気がもっと長くつづいたろうに。

因《ちなみ》に「東京の暴れん坊」のタイトル・ソングをはじめとして、小林旭の映画にはレコード化されていない良い歌が沢山つまっている。レコード会社の権利関係とか色々あるらしいが、このさい、アキラみずからいうところの〈親不孝な声〉の数々をCD化して頂きたい。それには、アキラの歌の良き理解者で、「熱き心に」の作曲者でもある大瀧詠一さんの協力が必要だと、勝手に思うのですが……。

（'98・8・6）

＊大瀧詠一監修のCD「アキラ」は二〇〇二年春に実現した。

日本の喜劇人ベストテン

今までにぼくが観てきた喜劇人のベストテンを作ってみようと思う。

こうした時に困るのは、例えば、その舞台を一度も観ていない清水金一という人で、ビデオで出ている松竹映画ではどうも面白くない。ベストの時期のビデオが残っていないらしい萩本欽一にも困った。悪いけれど、萩本欽一は外そう。このごろはビデオで昔の映画を観ただけで、往年の喜劇人をあれこれ言う若い人がいるようだが、生《なま》の舞台を観ていないで、わかった気になり、〈どうも……らしい〉と書いたりするのはやめて欲しい。お金と時間をかけなければ（そしてビデオだけでは）理解できない世界なのである。

とりあえず、十人あげてみます。ほぼ世に出た順で、**順位はありません。**

榎本健一（エノケン）

古川緑波（ロッパ）

横山エンタツ

益田喜頓《キートン》
森繁久彌
三木のり平
フランキー堺
植木等
藤山寛美
渥美清
〈別格〉
笠置シヅ子
高勢實乘《たかせみのる》（オッサン）

——とはいえ、現在ではビデオでしか観ることができない人たちでもある。だから、真価をうかがえるビデオをあげておく。

まず**エノケン**。

この人は昭和初めの浅草の舞台が圧倒的に評判が良いが、ぼくは生れていない。丸の内の舞台で観たのは一九四〇年からである。

映画では「ちゃっきり金太」「法界坊」の二作が有名だが、フィルムがズタズタに切られ（検閲ではない）、それがビデオ化されたもので、ライバルにのされる技《わざ》がうまいエノケンが観られるのは、「エノケンの頑張り戦術」だけだろう。

ロッパ——この人は「家光と彦左」「男の花道」が映画の代表作だが、どちらも人情ばなしで、笑わせる映画はビデオ化されていない。ぼくが舞台を熱心に観たのは一九四〇年～四七年。

エンタツ——ふつう、エンタツ・アチャコとしてコンビで扱われ、その映画がかなりビデオ化されているが、「これは失礼」がましな方か。とにかく面白くない。単独出演が意外に良く、マキノ雅弘監督、黒澤明脚本の「殺陣《たて》師段平」（一九五〇年）の後半、主人公が死ぬ直前に出てくる医者役が秀逸で、テレビ放映の際は必見である。本質は舞台の人で、たった一度、エンタツ・アチャコの晩年の漫才を生《なま》で観たが、これは面白かった。

益田喜頓——戦前から映画に出ているが、あのヨーデルと変形ムーンウォークを生かした作品はない。「歌ふ狸御殿」（一九四二年）の河童の役が評価されたが、戦後も、ずっと孤独な存在であった。

一九五〇年代の東宝ミュージカルでは、三木のり平、有島一郎、八波むと志たちと、年期の入った陽気なアチャラカ芸を見せ、一九六三年の「マイ・フェア・レディ」から舞台人としての真価を発揮した。翌年のブロードウェイ・ミュージカル「努力しないで出世する方法」の社長役では軽妙な笑いを見せた。五十代で歌って踊れる人は、もう益田喜頓しかいなかった。

「努力しないで出世する方法」にヒントを得た邦画「君も出世ができる」はつまらないものだが、同じような社長役の益田喜頓のショウ場面に注目して欲しい。

森繁久彌――ここから〈戦後派〉になる。

この人は喜劇人というより演劇人であるが、マキノ雅弘の「次郎長三国志」シリーズ第二作〜第八作「海道一の暴れん坊」（これが特にすばらしい）の森の石松役、「夫婦善哉」、初期の〈社長シリーズ〉と、一九五〇年代の映画での活躍は画期的であった。渥美清から伊東四朗までが、その時にショックを受けた人たちである。

三木のり平――一九五〇年に日劇で観たのが最初だが、五五年の日劇「最後の伝令」でこんなにおかしい人が世の中にいるのかと思った。

主演映画も数多くあるが、〈社長シリーズ〉の営業部長役、〈駅前シリーズ〉の王選手の頭を刈りたがる床屋（「駅前飯店」）などが無類におかしい。東京宝塚劇場での八波むと志との「玄冶《げんや》店《だな》」のボケ役はその頂点であった。

フランキー堺――映画「幕末太陽伝」を観ればよい。川島雄三監督との奇跡的な出会いが生んだ名作。

植木等――「ニッポン無責任時代」と「大冒険」の〈辞世の歌〉のシーンを観れば、

いかに破天荒なキャラクターだったかがわかる。

藤山寛美――天才的な舞台芸人。「親バカ子バカ」の舞台のビデオで、その片鱗《へんりん》がうかがえる。映画では「拝啓天皇陛下様」の前半で、抑えた時の芝居の力量がわかる。

渥美清――映画「男はつらいよ」（第一作）、「続・男はつらいよ」（第二作）を観ればよい。

笠置シヅ子は歌手なので〈別格〉にした。

戦前から優れたジャズ歌手として知られたが、戦後は服部良一の〈ブギもの〉で日本一のエンタテイナーになった。

その凄みは映画「エノケン・笠置のお染久松」のラストの〈駆け落ちブギ〉のエノケンとのデュエットでわかる。コメディエンヌとして数多い映画があり、名場面が発掘されるべき存在である。

高勢實乗は「アーノネ、オッサン、ワシャ、カーナワンヨ」という流行語と奇怪なメークで、子供には、エノケン・ロッパよりも人気があった。この流行語は戦時中の約十年間、猛威をふるい、昭和最大の流行語になった。

オッサン（高勢はこう呼ばれていた）が出てくると、エノケンもロッパも芝居をやめて、オッサンが「アーノネ……」を言って去るのを待つしかない。主演映画もあるが、「孫悟空」(一九四〇年)ほか多くの東宝喜劇に脇役で登場して、珍演怪演をくりかえした。スクリーンの高勢實乗に合わせて、子供たちがいっせいに流行語を叫ぶ光景を見た、と色川武大は書き記している。

戦時中、浅草でたった一度、実演を観たが、客席は笑いの渦だった。オッサンが出てきただけで大爆笑なのであった。

('98・8・13/20)

現代〈恥語〉ノート 2

その言葉を使ったからといって、べつに〈法的に悪い〉ことではないが、心ある人がきけば恥ずかしい——そういう〈恥語《ちご》〉をひろう「現代〈恥語〉ノート」の続きです。

〈ら抜き言葉〉——恥ずかしいというよりも、不愉快なのが、これである。〈見られる〉〈起きられる〉という可能の意味を表す動詞を〈見れる〉〈起きれる〉という風に〈ら〉を抜いてしまう。これが〈ら抜き言葉〉。

もとは関西ではないかといわれる。川端康成の小説の文章は〈ら抜き〉で、編集者が原稿に〈ら〉を書き入れたときいた。名古屋方面の友人にきくと、うちの方も〈ら抜き〉だが、自分は子供のころからそういう言葉がきらいで、〈ら〉を入れていたという。してみると、西の方言か？

東京では〈大正の末から昭和の初めにかけて使われ始め、戦後は特によく使われるようになった〉と「大辞林」にあるが、ぼくが気にし始めたのは一九七〇年以降である。

大正末→昭和初めというのは関西の商人が東京に〈進出〉し始めた時期で、戦後はテレビのせいではないか。このごろ、テレビの発言者の言葉をスーパー（？）で強調するが、あれに〈ら抜き〉が多いのは、関西系の芸人が多いためだ。NHKのFM放送ではアイドルの〈ら抜き言葉〉を矯正しているようだが、いずれにせよ、一つの方言を関東人、いや全国の人に強制するのはやめて欲しい。

意外と――「あたしって、意外と、センサイだから」「意外と、きれい好きで……」という風に、女の子が、自分の外見はガサツだが、実はちがうと強調するためだったのが、「意外と、冷めたピザ、好きだから」という風に、何の意味もなく使われるようになった。

逆ギレ――キレるという言葉をどう思うかと放送局の人にしつこく訊かれて、ぼくは「どうでもいいでしょう」と答えた。キレた、のである。

若い時、のべつキレていたぼくは、〈キレるという状態が分からない〉という局の人間が分からない。これも〈逆ギレ〉の一種か。

一般的には、親がキレて、子供にガミガミッと言った瞬間、子供がキレて何かの行動に出る、といった状態をさす。しかし、キレるというのも不愉快な言葉である。〈逆上する〉〈乱心〉が日本語だろうが。

こじゃれた——小洒落《じゃれ》た、と書くのでしょうか。コギャル（そろそろ死語か）言葉の一つ。〈こじゃれたお店〉〈こじゃれたパンツ〉という風に用いる。〈ちょっと洒落《しゃれ》た〉の意味。

全知全能——〈なんでも知っていて、なんでも出来る〉こと。ふつうは〈全知全能の神〉という風に使う。〈全知全能を傾ける〉という使い方もある。

で、去る七月二十四日のテレビ、自民党総裁選に勝った小渕氏がモットーとする言葉はと聞かれて、

「挙党一致」

「全知全能」

なんじゃ、こりゃ？

小泉氏がドン・キホーテなら、現実派の梶山氏はサンチョ・パンサ、小渕氏はロシナンテ（ドン・キホーテをのせている馬）と言った人がいる。〈全知全能の馬〉って存在するのでしょうか？

こうした〈間違った言葉づかい〉の例をもう一つ。

境遇——おなじみＴＢＳ「ニュース23」、〈温泉キャスター〉の言葉である。

七月二十日夜、総裁選を前にした小泉純一郎氏に、

「小泉さんにはたびたび出て頂いているのですが、こういう境遇できて頂くのは前回の

総裁選以来ですね」

大笑いである。小泉氏は家なき子か。セントヘレナのナポレオンか。〈こういう立場で〉と言うところだろうが。

白髪のわりに〈温泉キャスター〉氏は日本語を知らない。こういう感覚《センス》で、むかし、〈新人類〉といった造語に浮かれていたのだな。小選挙区制反対論者を苛《いじ》めていたころの面影すでになし。それにしても、コウモリのように立場を変えるキャスターだ。

だっちゅうの！――笑いとお色気のコンビ（浅田好未《よしみ》、西本はるか）〈パイレーツ〉の作った言葉。子供たちにまず流行して、他のタレントたちが連発するようになり、本家の〈パイレーツ〉はなんだか気の毒である。

気の毒のとどめが「ＡＥＲＡ」七月二十七日号の悪評高いあの惹句《コピー》に使われたことで、次の通りである。

〈地味ン党総裁、だっちゅうの。〉

恥ずかしい言葉の最《さい》たるものである。〈パイレーツ〉に使用料を払っているとは思えないし。

つかみ――業界用語をきいただけで顔をしかめる〈文化人〉たちがこの言葉だけは平気で使う。

「この小説はつかみが弱い」

「映画としてつかみはまずまず」

いうまでもなく、〈つかみ〉は色物芸人がとりあえず客の視線を自分の方に向けるための言葉・行為である（例・ビートたけしの「コマネチ」）。完全な業界用語なのだが、〈ニカッと笑う〉が不快、〈メセン〉ときいただけでジンマシンが出るというほど、言葉に神経質な人たちが〈つかみ〉はＯＫ、というのは何なのだろうか？

パロる――〈パロディ化する〉の意。「パロって……」という風に用いる。一九六〇年からずっと、死にそうで死なない言葉。初めはテレビ業界用語だったが、おそらく、常に〈小洒落た表現〉と思われてきたのだろう。

不適切な表現――七月二十日夜の「ニュース23」で、梶山氏が「ツ××座敷」と言ったのは「ツ××桟敷《さじき》」の間違いだろうが、〈温泉キャスター〉は何も言わなかった。権力者だとフリーパスなのかな。もっとも、ラジオなどで「不適切な表現をお詫びします」と言われても、どこがそうなのかわからない。その部分をリプレイしてくれないと、狐につままれたようになる。

わな――竹下元首相の談話を示す語尾であることは、すでに一五八頁で指摘している。

佐賀県のコンクリート堤防で、ペットのグリーン・イグアナが捕まった小事件の朝日新聞七月二十六日社会面の見出し。

〈イグアナ「いたわな」　やせはてた姿に飼い主ワナワナ〉

頭が痛くなるような駄洒落だっちゅうの！

（'98・8・27）

〈不思議な夏〉の読書日記

目がさめて、ラジオのスイッチを入れると、キャンディーズの特集とやらで、未発表の「暑中お見舞い申し上げます・パート2」がかかっている。その中に「今年の夏は不思議な夏ね」というフレーズがあった。

一九九八年の夏は、よくいえば不思議、はっきりいえば不愉快な夏であった。だいち、八月二十日をすぎても、梅雨が明けたのかどうか怪しい。天気予報では〈残暑〉などという言葉を使い、盛夏があったかのように語っている。天候から政治・経済、いずれも不愉快きわまりない。

八月十五日ものという出版物はいまだに続いている。ぼくが二十代のころ、八月十五日はすでに〈季題〉じゃないかとからかわれていた。

だが、八月のこの時期に太平洋戦争関係の本が店頭にならぶのは良いことだと思っている。戦後も五十三年たつと、戦争関係の本はなかなか出版しにくいのである。

戦争末期に〈学童疎開〉というものがあったことは、今では教科書に必ずのっているそうである。しかし、この事実をトータルに捉《とら》えた本は今までになかった。逸見勝亮の「学童集団疎開史」（大月書店）はその一切を資料によって描こうとした労作である。

著者の専門は教育学で、十五年戦争下の教育についての著書がある。資料・文献によって〈学童疎開〉を外側から描く目的は、これによって八十パーセントは達成されている。今後、〈学童疎開〉について調べる人はこの本抜きでは仕事ができないだろう。

そのことを百も承知でいえば、これはやはり研究書であり、〈学童疎開〉の内側にはほとんど触れていない。当時、国民学校（小学校）六年生で、〈学童疎開〉に参加させられたぼくはそう思う。

著者は一九四三年（昭和十八年）生れだから、当然、〈時代の空気〉がわからない。仕方がないことである。

だから、一九四三年十二月三十一日に「疎開ト云フ新語流行ス民家取払ノヿ《コト》ナリ」と日記に記した荷風に対して、いや、新語ではない、「歩兵操典」中の軍事用語だった、と著者は異議を唱える。

軍事用語というのは今でいえば業界用語で、当時の一般生活者は知る由もない。〈疎開〉が当時の民衆にとって〈新語〉であったのは、まぎれもない事実である。こうしたよけいな部分があるので、この本は〈外側だけしか分かっていない〉という印象をあたえ、損をしている。

阪神大震災とオウム真理教事件のあった一九九五年から、ぼくは主としてノンフィクションを読むようになった。

八月は、荷風の晩年の短篇や谷崎のエッセイを読んで過した。異例ともいうべきは宮部みゆきの「理由」（朝日新聞社）で、これも、奇妙な言い方だが、ノンフィクション的興味で手にとったといえる。

荒川の〈一家四人殺し〉の謎で始まるこの作品は、いわゆるミステリではない。刑事も出てくるが、さして謎ときの役には立たない。小説はミステリ仕立てではあるが、〈現代日本における家庭の崩壊〉がテーマであり、まるでノンフィクションのような肌触りに仕上げられている。あとがきで、作者が〈本作品はフィクションであり……〉とわざわざ断っているのはそのためである。

三年ほど前に、宮部さんと対談した時、「私が書くことの多い家庭小説では……」という発言があり、すぐにはぴんとこなかったが、力作「理由」を読んで、彼女のいう家庭小説とはこういう意味だったのかと思い当った。

バリー・パリスの「オードリー・ヘップバーン」上下（集英社）はあまり期待を持た

ずに読んだ。オードリーの伝記が面白いとはとうてい思えなかったからである。

しかし、一般には順風満帆と見られたオードリーの人生も、バリー・パリスの周到な調査によれば、なかなか大変で、ピンチの一つは「マイ・フェア・レディ」(一九六四年)にあった。映画会社はヒロインのイライザ役に、初めからオードリーしかいないと決めていた。ところが一般大衆は舞台でイライザ役を演じたジュリー・アンドリュースしかいないと考えていたのである。アメリカ全土のショウビジネスのコラムニストたちが〈ジュリーのための追悼と嘆願をくりひろげ〉たために、映画会社(ワーナー)はなぜオードリーを主役にしたかをマスコミに説明せざるをえなかった。

さらに、何週間もの歌の練習が無駄になる事態が起きる。オードリーの声では〈この偉大なオペレッタ〉は無理とわかって、すべての歌が吹替えられた。この二つによってオードリーは心理的に大きなダメージを受ける。

バリー・パリスの筆はオードリーの数々の恋と老年にまで及び、それらは映画史とも結びついていて、きわめて興味深い。

映画史といえば、東映映画「仁義なき戦い」五部作は日本映画史上のモニュメントであり、封切館で昼から夜までかかって五本立てを観たあとの疲労と満足感は今でも忘れられない。

その第一部から第四部(「頂上作戦」)までの笠原和夫のシナリオをまとめた「仁義な

き戦い」（幻冬舎アウトロー文庫）が出た。厳密にいえば、これは二十一年前に映人社から出たものの文庫化であるが、笠原自身による創作ノートや中条省平の長い解説、笠原和夫の全脚本リストが付いていて、丹念なつくりといえる。映画ファンは一冊持っていて損はない。

　黒澤、小津、溝口に続いて、海外での評価が高い映画監督は成瀬巳喜男だが、ぼくの知る限り、日本には一冊の成瀬巳喜男論もない。まずしい話である。

　十二年前にパリで初めて成瀬映画を観たオーストリア女性、スザンネ・シェアマンが現存する成瀬作品すべてを論じた「成瀬巳喜男　日常のきらめき」（キネマ旬報社）は、その意味でも、注目に価する。

　一九八七年に来日し、日本語を習いながら早稲田の大学院で勉強したというのだが、成瀬のサイレント時代から晩年までの作品を、このような形で論じたものはない。個々の作品の批評が短いうらみはあるが、一冊にまとめるためには仕方あるまい。

　感服するのは巻末のフィルモグラフィで、脚本やネガの有無、フィルムのありかまでが、一目でわかるようになっている。テレビで〈映画への愛〉をパフォーマンスするだけの輩《やから》は少しは恥じるがいい。

（’98・9・3）

日本のゴジラは模倣で始まった

予想されたことではあるが、アメリカ映画「GODZILLA」が公開されるかされないうちに、日本の〈ゴジラ国粋主義者〉の間から、

「アメリカ産『ゴジラ』はわれわれの神聖なゴジラを汚すものだ」

という怒りの声が上った。

中には、

「ゴジラは神である」

という声もあった。

たかがスペクタクル映画、特撮が売り物の見世物映画に対して大げさな、という読者もあろうが、ゴジラ至上主義者という奇妙な人たちは確かに存在するのだ。

東宝の「ゴジラ」第一作が公開されたのは一九五四年（昭和二十九年）であるが、こうしたゴジラ至上主義者たちはほぼ一九六〇年代の生れであり、第一作の公開をオンタイムで観てはいない。オンタイムで観ていたら、もっと冷静な見方になるだろう。「ゴ

ジラ」シリーズを神聖視して、アメリカ人ごときに触れてもらいたくないと思っているのは、ほぼこの世代である。

もっとも反対の声もある。

「ＳＦマガジン」九月号巻頭の座談会で、

――でも、ゴジラ映画はそもそもそんなに神格化されたものなのか、って疑問はありますね（笑）。中学二年の時に、日劇で夏休み二十五日間通して日替わりで怪獣映画をかける企画があったんです。毎日毎日銀座に通って、それで得た結論は「これはそれほど大したものではないんじゃないか」（笑）。もちろん面白い作品もあるけど、こりゃすげえってのはほんの数本で、いちばんダメだったのがゴジラ映画。

こう発言しているのは一九六五年生れの脚本家である。

書店に多いゴジラ本の中には、もっとはっきりした記述もあって、

〈今となってはあまり意味のないことだが、思いきって言ってしまえば、「ゴジラ」は「原子怪獣現わる」のパクリなのである〉

という一文もある。書き手はおそらく若い人だろう。

〈パクリ〉という語感をぼくは好かないが、この文章は（第一作に関する限り）そう間違ってはいないのである。

一九五四年の春、ぼくは友人に連れられて東宝撮影所に行った。翌年が大学卒業なので、東宝を受験することができないだろうかと考えたのである。

その日のことで覚えているのは、東宝で、ゴリラとクジラをくっつけた名前のゴジラという怪獣映画が作られるというニュースである。

もう一つ、帰りに雨が降ってきて、友人が「放射能雨で頭が禿げるぞ」と叫んだのも覚えている。三月一日に日本のマグロ漁船がビキニ環礁でのアメリカの水爆実験で被曝したショックがまだ残っていた。戦後九年もたって、今度は原爆ならぬ水爆かと、ぼくはかなりの恐怖を抱いたのだった。


それから少し前の三月二十五日、東宝の製作本部長・森岩雄の部屋に呼ばれた田中友幸プロデューサーは、インドネシアとの合作映画の企画が中止になったのを告げられた。田中友幸は急いで、同じスタッフで撮れる企画を立てなければならなかった。

代りの企画とはこうである。――ビキニ環礁近くの海底に恐竜が眠っていて、水爆実験のショックで目を覚まし、日本に上陸してきたらどうなるか？　仮題を〈海底二万哩からきた大怪獣〉とする企画が動き始めた。

一九五三年、すなわち前年に、ワーナー・ブラザースがアメリカで「the Beast from

20,000 Fathoms」という怪獣映画を公開していた。〈海底二万哩からきた大怪獣〉は、その直訳といっていいだろう。田中プロデューサーはこの映画の話をきくか、どこかで観るかしていたと思われる。（そのワーナー映画は日本では「原子怪獣現わる」という題名になった。）

この間《かん》の経緯は井上英之の「検証・ゴジラ誕生」の中でつぶさに検討されていて、〈……おそらく〝第五福竜丸被曝事件〟報道の直ぐ後に、〝キングコング〟と、昭和二十八年秋に米国で公開された〝原子怪獣現わる〟からヒントを得て、〝海底二万哩からきた大怪獣〟の案を考え出したのではないかと思われるのである。〉と記されている。

ことのついでに、レイ・ブラッドベリ原案の「原子怪獣現わる」の筋書きを説明しよう。

レイ・ハリーハウゼンが特殊効果を担当したこの映画は、アメリカ軍が北極で水爆実験をするシーンで始まる。原子力委員会の一人である主人公は、直後に、一億年前の恐竜らしきものを目撃するが、誰も信じてくれない。

怪獣は漁船を襲い、灯台を倒し、ニューヨーク近くまで南下する。恐竜が北極の氷の中で眠っていたことを納得したアメリカ政府は軍隊を出して迎え討つ。怪獣の血が放射能を発して、兵士たちがばたばた倒れるシーンが妙に生々しい。結局、怪獣の傷口に放射性アイソトープを撃ち込んで、事件は一段落する。

〈北極〉を〈南の海〉に、〈南下〉を〈北上〉に置き換えれば、この筋は「ゴジラ」そのままといっても過言ではない。

「ゴジラ」は一九五四年十一月三日に封切られ、ワーナーの「原子怪獣現わる」は十二月に封切られた。ワーナー作品なのに、なぜか大映配給となり、日本では〈「ゴジラ」の二番煎じ〉扱いを受け、批評で叩かれた。先駆的作品が〈二番煎じ〉扱いされるとは皮肉な成り行きである。

この点を早くから指摘していたのが石上三登志氏だが（「吸血鬼だらけの宇宙船」）、当時は若かったゴジラ至上主義者たちは聞く耳を持たなかった。

ぼくはといえば、ゴジラが子供たちに媚びて「シェー！」を演じていらい（一九六五年「怪獣大戦争」）、日本の映画館では観ていない。アメリカでゴジラが有名なのは、早くからレイモンド・バー主演の米国版（？）が作られたり、アニメのシリーズになったりしたからである。

作品の出来はともかく、「GODZILLA」は東宝に金を払っているのであり、商取引としてはフェアなのである。

（'98・9・10）

ロマンスカーの哀愁

いきなり、ロマンスカーといっても、関東以外の地域の方には、なんのことか分からないかも知れない。

ご説明申し上げますと、東京の新宿駅から小田原駅を経て箱根湯本まで走る新幹線風の電車でありまして、正式には小田急ロマンスカーというのかな。とにかく、箱根湯本まで（もっとも早いのは）一時間二十五分で行ってしまうという便利な乗物です。東海道新幹線の前のビジネス特急〈こだま〉型車輛を作るとき、このロマンスカーを参考にしたと聞いたことがあります。

ロマンスカーに初めて乗ったのは、開業してすぐ、一九五七年（昭和三十二年）七月だった。しかし、〈ロマンスカー〉という名前は、当時でもいかにも古めかしい。

念のために、小田急の広報の人に電話できいてみると、

——当社ではロマンスカーという名前を昭和初年から使っていたのです。

という答えである。

――当時は江の島へ行く電車をそう呼んでいました。

なるほど、とぼくは思い当ることがあった。ぼくが生れる前に流行した「東京行進曲」（昭和四年）という歌がある。

銀座、丸の内、浅草と、関東大震災後の東京の変化を歌って、四番の歌詞はこうである。

シネマ見ましょか　お茶のみましょか
いっそ小田急で　逃げましょか
変る新宿　あの武蔵野の
月もデパートの　屋根に出る

なんとも良い歌詞である。新宿が新興の盛り場だった感じがよく出ている。〈いっそ小田急で逃げましょか〉の一行が妙に色っぽいのだが、いったい、小田急でどこに逃げるのかという疑問があった。小田原か、あるいは箱根か。

広報の人の話をきいて、これは江の島かも知れないと思った。江の島には小さな旅館もあることだし。

戦時中は、ロマンスカーなどという名称は許されない。戦後、昭和二十四年に新宿―

小田原間《かん》で、ロマンスカーの名が復活したという。そして、昭和三十二年七月六日にいよいよ今の形のロマンスカーが登場する。ロマンスカーの名を〈決定的に広めた〉のはこれである、と広報の人もおっしゃる。

なにしろ超特急、しかも車中で美女が食事のサーヴィスをするというのだ。二十四歳のぼくが見逃すはずはない。


その年の七月十三日（土）。悪友二人と新宿駅で落ち合い、ロマンスカーに乗る。

開業一週間目では切符が入手できない。幸い、高校で一年上のA氏が三井農林の宣伝部にいた。ロマンスカーの中で出る日東紅茶は三井農林のものなので、A氏は切符を入手してくれた。

椅子が向い合わせになるスタイルはこの時すでにそうで、電車が動き出すと、お絞りが配られる。布製のタオルだったか、紙のだったかは忘れたが、やがて飲食物のメニューがくる。われわれはアイスティとかつサンドを注文したように思う。

考えて欲しい。新幹線が東海道を走るのは昭和三十九年秋である。それより七年以上早いのだ。

そして、女性は美人ばかりである。ユニフォームのスカートが短かったような気がするが、この記憶は少々怪しい。戦後十二年が無駄ではなかったと思ったのは間違いない。

湯本の旅館に着いて、三人がビールのグラスを手にすると、どこからともなくA氏が現れた。

やんごとなき方面と関係がなくもないので、A氏と書いているのだが、ある種の優雅さと乱暴な言葉が結合して独特の雰囲気を醸し出す人で、「日曜ごとに箱根で接待をしなきゃならねえ。たまには、純粋に温泉で休みてえよ」と呟く。

三島由紀夫の小説「美徳のよろめき」が話題になっていた時なので、「あの作家の、貴族というか、元華族の描き方はどうですか？」とぼくが訊くと、元華族のA氏はこう答えた。

「あの人は学習院出《で》だから、一応ムードは出てるけど、本当の華族というものは、もっと一本気《いっぽんぎ》なものですよ」

その後、ロマンスカーは時代と共に少しずつ変化した。

スチュワーデスかと見紛う美女たちは少くなった。A氏は配下に三十人ほどの面倒を見ており、妊娠した女の子の相談にものったというが、A氏の好色性を思うと、コワいものがあった。

一九七〇年ごろにはビニール袋に入ったペーパータオルが配られ、弁当、緑茶、サンドイッチ、紅茶その他を乗客が選択する。家族づれのぼくはウィスキー・ティをよく注文した。

A氏の消息は知らないが、悪友二人のうち一人は自殺をした。ウクレレを鳴らしながら、これから四人で日本のあちこちに旅行して悪行《あくぎょう》を重ねようと提案した人物が、原因不明の自殺をしたのだから、世は無常である。残りの一人は定年退職し、不況の中を自営業で悪戦苦闘している。

ロマンスカーは大衆化し、乗客もロマンスとはほど遠いおじさんおばさんが多くなった。とはいえ、これらの人たちの体力、熱気は凄まじい。電車に乗り込むやいなや、椅子を向い合わせにし、缶ビール、弁当を配る。戦時中の雑炊《ぞうすい》食堂、戦後の闇市で米軍の青いスタンプの残る肉の汁を啜《すす》るような、えたいの知れぬエネルギーに圧倒される。

最近はどうだろうか。

ぼくは新宿駅で弁当とお茶を買って乗ることが多い。卵が先か鶏が先かわからないが、ペーパータオルとメニューは出なくなった。食べ物持ち込みの団体客が多いせいだろうか。

ロマンスカーという名称には、敗戦直後の映画館の〈ロマンスシート（男女がいっしょに腰かける席）〉に似た響きがある。妙に明るいが、哀しく、なつかしくもある響きである。高度経済成長と共に、ぼくたちはそういった〈ロマンス〉を一切失った。

（'98・9・17）

天才・黒澤明の皮肉な運命

九月六日の日曜日、黒澤明監督の逝去（脳卒中）が伝えられた。少し驚いたが、冷静になってみれば、頭脳と肉体を長いあいだ酷使しての、八十八歳での死は大往生だと思った。

夜になるとテレビの特別番組が始まり、一夜あけて見た新聞は黒澤監督の記事一色といってもよかった。それは当然なのだが、問題は記事の内容であって、マスコミの描く黒澤像はぼくのものとかなり違っていた。

まあ、仕方がないことである。黒澤作品を最初から観てきた人は、もう現場のトップにいないはずである。今の人は、リアルタイムで観ているはずがないのだ。

記事によれば黒澤の仕事はヴェネツィア映画祭でグランプリを得た「羅生門」から始まることになる。人物事典がそうなっているのだろう。

このグランプリ受賞が〈敗戦後の国民に自信を与えた〉という。嘘である。「羅生門」は一九五〇年の作品だが、ヴェネツィアで賞を得たのは一九五一年。日本人は朝鮮戦争特需景気の中にいて、「羅生門」に大した敬意は払わなかった。

〈戦後日本の映画黄金期とともに生き……〉というが、その〈黄金期〉を作り出した数人の監督の中心にいたのが黒澤明だった。本末転倒《ほんまつてんとう》もはなはだしい。

一九四二年（昭和十七年）の春、太平洋戦争が始まって、日本がまだ勝っていたころ、ぼくは家の近所の床屋で「新映画」という映画研究誌を読んでいた。東京下町の文化レヴェルは〈芸能〉に関する限り、けっこう高いのであって、待たされている間に、子供はそういう雑誌を読むのである。

そこにのっていた「雪」というシナリオがきわめて面白く、シナリオを書いた黒澤明という名を記憶した。小学校（当時は国民学校だが）四年生になったばかりでも、その程度の判断はできたのである。（女優の久我美子さんはぼくより二つ上であるが、やはり、小学生の時に、この「雪」を読んでいたという。）

あくる昭和十八年三月二十五日に新人黒澤明の第一作「姿三四郎」が公開され、大評判になった。大人も子供も、これを観ていなければ話に加われない。ぼくは二度観て、遂に絵コンテを描き始めた。絵コンテの描き方が映画雑誌に出ていたのだ。藤田進が池に飛び込むシーンあたりでお手上げになったが、「姿三四郎」によって、ぼくは映画の語り方、映像のテクニックというものがこの世に存在するのを知ったのである。

戦争が終り、疎開先から東京に帰って、一九四八年五月三日に渋谷東宝で「酔いどれ天使」を観ている。

「ここでやっと、これが俺だ、というものが出たんだな」

と、後年、黒澤明は語っているが、「酔いどれ天使」の大衆にあたえた衝撃は「姿三四郎」以上だったと記憶する。人物の造形力が抜群なのである。

酔っぱらいの初老の医師が結核の若いやくざを助けようとするが、やくざは自滅してゆく。医師（志村喬）も良かったが、やくざを演じた新人・三船敏郎のスピーディーな肉体表現がすばらしく、三船は一躍スターになる。

前日、五月二日に、ぼくは鳴り物入りで封切られたアカデミー賞作品「失われた週末」を観ているが、当時、〈重厚〉の代名詞だったビリー・ワイルダーの演出を〈大向うを狙ったハッタリ〉と見て、「酔いどれ天使」の方が〈傑作〉と、ノートに記している。

だが、日本の批評は「酔いどれ天使」を〈時事的すぎる〉とか〈やくざ礼賛に傾いている〉と叩いた。この辺りから黒澤作品と批評とのずれが目立ち始める。

次の年、一九四九年秋の「野良犬」はぼくがくりかえし観ているフィルム・ノワールだ。監督自身、〈技術の方が勝《まさ》ってた作品〉と否定的なのだが、ぼくは年に一度、ビデオで観ることにしている。敗戦後の東京・日本人をこの映画ほど生き生きと描いた作品はない。

一九五〇年の「羅生門」は、監督みずから、アヴァンギャルド映画にもう一度戻ってみようと思ったという、きわめて特殊な作品である。日本での批評はあまりよくなかったが、一九五一年にヴェネツィアでグランプリを得ると、掌をかえすように誉められ始めた。以来、ぼくは一人二人を除いて、日本の映画批評家をまったく信用しなくなった。

一九五二年の「生きる」。

一九五四年の「七人の侍」。

あの完璧な「七人の侍」さえ、〈再軍備奨励映画〉と罵られたのだ。この年の六月に自衛隊が発足しているが、映画は前年から撮影されていたのである。

大学四年のぼくは、満員の映画館でこの大作を立ち見した。インターミッションの時でも、手洗いに行けなかったのを覚えている。

このように、黒澤作品によって、ぼくは自分の青年時代を想いかえすことができる。役人の怠慢、堕落を抉《えぐ》るかに見えてもっと広い世界を描いた「生きる」、核の恐怖を描いた「生きものの記録」あたりで、黒澤明は微妙に日本の現実とのひりひりするような接触を終えるかに見えた……。

やがて、「用心棒」や「天国と地獄」で彼のテクニックは頂点に達し、面白いことは無類に面白いが——という世界に入る。

一方、「どですかでん」（一九七〇年）で始まるカラーの七本は、ぼくにとって、ほとんど興味の持てない、魅力のないものだ。

黒澤家に二年も居候《いそうろう》していたという役者の土屋嘉男は「赤ひげ」を最後に黒澤作品に出ていない。「影武者」や「乱」の役はオリたという。

「これから先は、どうも黒澤さんは絵の世界に入っちゃうと思った。だから、これからは出るより見た方がいいと（思った）」

この談話はたまたま目に入ったものだが、もともと画家を志していて、十八歳で二科展に入選した早熟の黒澤明は、最後のモノクロ大作「赤ひげ」から五年間の空白を経て、カラー作品「どですかでん」にとりかかった。

以後、黒澤明はフィルムによる画家になる。アカデミー賞外国語映画賞、カンヌ国際映画祭グランプリ、仏レジオン・ドヌール勲章、米国アカデミー賞特別名誉賞を受けた〈世界のクロサワ〉は、かつて批判的だった人々にも称賛されるようになる。そして退屈なカラー作品群に批判的な人々は沈黙するだけであった。

（'98・9・24）

黒澤映画の大きな影響

黒澤明の作品は何から観たらよいか、ということを誰も書いていない。そこで、とりあえず、入口を示しておきます。

現代劇、それも圧倒的に面白く、ダイナミックなのは「野良犬」だ。いきなり事件がおこるし、初めての人もとっつき易い。これから、「酔いどれ天使」→「天国と地獄」というコースがある。

時代劇だったら、まず、「用心棒」。それから、「七人の侍」→「隠し砦の三悪人」がいいと思う。

人生を考える人は、まず、「生きる」がいいでしょう。(「羅生門」「白痴」「生きものの記録」はあとまわしにすること。黒澤自身、この三作はコマーシャル・ベースにのりにくい冒険と認めている。)

「野良犬」はレナード・マルティンが「羅生門」に劣らぬ傑作として★を四つ付けているが、ぼくも本当はこれを最良の作と思っている。これを観て(映画だ!)と思わない人は、映画に縁がないと諦めるべきでしょう。

黒澤明とそのシナリオチームの仕事は、オリジナルなプロットの創造において、世界の映画界に大きな影響を残した。多少、マニアックになるかも知れないが、実例を書いてみよう。

まず、黒澤ひとりの脚本の「姿三四郎」は、映画、テレビの武道修行ものに動かしがたいパターンをあたえた。このパターンはなかなかこわせない。——といったことを書いているときりがないので、簡潔にします。

アメリカのジュールス・ダッシン監督の佳作「裸の町」（一九四八年）は当時の邦画に奇妙な影響をあたえた。一つはセミ・ドキュメンタリという、実景をとり入れるドラマの作り方。もう一つはベテラン刑事と若手の刑事が組んで行動するという作り方。「野良犬」（一九四九年）もその影響を受けていると思うが、ドラマとしてははるかに複雑で、拳銃をすられた刑事（三船敏郎）がベテラン刑事（志村喬）の教えを受けながら、最後に殺人犯（木村功）と対決する。刑事も犯人も復員軍人で、どちらも引揚げの途中で荷物を奪われた身である。ぎらぎらした太陽に照らされて敗戦直後の夏が浮びあがる。

黒澤の「素晴らしき日曜日」「酔いどれ天使」の助監督だった小林恒夫《つねお》は東宝から東

映にうつり、「終電車の死美人」「暴力街」というセミ・ドキュメンタリ・タッチの犯罪映画を作った。「終電車の死美人」は「警視庁物語」シリーズに受けつがれ、平凡な刑事たちの生活を描く作品が東映で二十三本作られる。刑事たちが日本の現実にぶつかる姿は、やがて、TBSのドラマ「七人の刑事」につながる。

一方、ハワイで黒澤映画をまとめて観た青年ジョン・ミリアスは「ダーティハリー」(一九七一年)の脚本の直しを頼まれ、プロットを「野良犬」に近づける。完成した「ダーティハリー」のクレジットにはミリアスの名前がないが、「野良犬」で志村喬が撃たれたように、主人公の相棒役のレニ・サントーニが撃たれ、主人公(クリント・イーストウッド)の最後の活躍が始まる。

黒澤フリークのミリアスの監督第一作「デリンジャー」(一九七三年)には奇妙な場面がある。銀行強盗デリンジャーを追う捜査官が密告する女と話をする場所が妙に金ぴかのレストランで、しかも二人はアイスキャンデーをなめているのだ。

ジョン・ミリアスみずから語ったところでは、これは「野良犬」における警視庁の冷房のない一室で、志村喬が千石規子《せんごくのりこ》(拳銃仲介人)とキャンデーをなめながら、彼女の男の名前を吐かせる有名なシーンの〈引用〉だというのである!

「羅生門」(一九五〇年)を非常に忠実にアメリカの西部に移したのが、マーティン・リット監督の「暴行」(一九六四年)で、三船が演じた盗賊は若きポール・ニューマンが熱演している。とても真面目な映画なのだが、黒澤の演出と宮川一夫のキャメラ抜きでは、このハナシは成り立たないことがわかる。

「七人の侍」（一九五四年）が「荒野の七人」として再映画化されたことは、いうまでもないのだが、サム・ペキンパー脚本・監督の「ワイルドバンチ」（一九六九年）の方が換《かん》骨奪胎《こつだったい》の仕方がうまい。五人の野盗の側を主人公にして、しかも「用心棒」に始まる流血描写をとり入れ、黒澤流のスローモーション撮影を駆使している。

「隠し砦の三悪人」（一九五八年）が「スター・ウォーズ」のねたになっているというのはぼくが見つけたのだが、ジョージ・ルーカスが認めてしまい、いまや、アメリカの小さな事典にまで書いてあるので、何も言うことはない。

さて、「用心棒」（一九六一年）である。これはまだ語られていないが、三船の強烈な剣法は、同じ週に封切られた日活の「用心棒稼業」と東映の「月形半平太」をも薙《な》ぎ倒したのである。以後、日活アクション映画、東映時代劇、ともに変質せざるをえなくなった。

「用心棒」のプロットはダシール・ハメットのある作品を土台にしているが、そこに「リオ・ブラボー」の〈人質の交換〉やらなにやらが詰め込んである。

イタリア映画「荒野の用心棒」（一九六四年）はその〈盗作〉であるが、主役に抜擢されたクリント・イーストウッドは、黒澤の「用心棒」をアメリカで観ていて、〈ハリウッドで衣裳一式と葉巻を買うことで、役作りにとりかかった〉と伝記にある。

「用心棒」の新しいリメークは、ブルース・ウィリス主演の「ラストマン・スタンディング」（一九九六年）であるが、これはひどい出来でしたね。くらべるまでもないが、セルジオ・レオーネ監督の「荒野の用心棒」の方がずっと出来がいい。

それにしても、「荒野の用心棒」「ダーティハリー」と、イーストウッドは、三船の役を二度演じていて、三船にひけをとっていない。

黒澤明が最後のモノクロ作品「赤ひげ」を完成したのは一九六五年（昭和四十年）、五十五歳の時である。

この年の夏には谷崎潤一郎が亡くなり、三島由紀夫は〈谷崎王朝の終り〉と書いた。高度成長の仕掛人、池田勇人が没し、江戸川乱歩を含めて何人かの作家が亡くなった。身体の不自由な古今亭志ん生はほとんど高座に現れなくなっていた。

この辺りで一つの時代、文化が終った、と、ぼくは考えている。

（'98・10・1）

おかしな人たち

テレビを観ていて笑うことはめったにない。

もっとも、ぼくは〈お笑いタレント〉と称する連中を寄せ集めて作られた番組を観ることはめったにない。日本のテレビ、テレビ局は、なにかの病気にかかっているとしか思えないからである。

ＮＨＫも異常になっている。面白い「マーフィー・ブラウン」やローレル、ハーディの古典的喜劇を打ち切り、イギリスの「ビーン」とかいう三流の喜劇を流すのに必死である。不愉快だから、衛星放送にまわすと、〈ＢＳ１〉〈ＢＳ２〉という文字が画面右上に出ている。映画の画面になっても出っ放しなのだ。この問題については、すでに怒りの声があちこちで活字になっているが、改めて受信料不払いにからめてＮＨＫを糾弾したい。

こういう不安な時代だからニュース番組は観る。これは生放送だから、少しはおかしい。笑う時もある。〈名僧〉が放送禁止用語を連発しても止められない生番組がＮＨＫ

にあった。

テレビはさておき、ここに紹介するのはぼくが（おかしい）と感じた人々の発言、エピソードである。当人はまじめなのだが、結果としておかしくなったのだ。その方々はまじめであり、ぼくにも悪意がないことをお断りしておく。

NHK・ラジオ深夜便の**女性**（九月五日深夜）

「聴取者の皆様の中には、横文字の曲名は日本語に訳すべきだとおっしゃる方もございますが、これはいかがなものでしょうか。私が勝手に訳して良いものかどうか。……先日放送しましたビートルズの『ヘイ・ジュード』の意味をおたずねの方がいらっしゃいます。これにお答えしますと、このジュードと申しますのは名前でございますね。日本ですと、中村とかそういうものだそうです。ですから、『おーい中村君』といってよいかどうかわかりませんが、そういったものだと思います」

（おいおい）

水谷加奈（文化放送の人気アナ）

「今日はジャニーズ特集です。……フォーリーブスの前に、西郷輝彦がいましたよね。あ、ちがう、西郷隆盛か。うーん……あ、あおい輝彦だあ！」

「わたし、小田急の沿線で住みたいのは明大前です」

（明大前は小田急沿線ではない）

「五十円の官製ハガキの切手にあたる部分に付いている絵は不死鳥ですよね」

（五十円の葉書を見ると笑える）

（台風の朝、車ごと倒れた木の下敷きになったという人に向って）

「怪我はないですか」

「大丈夫です。ぼくの頭には毛がないですが」

「そういう時かなあ？」

梶原しげる（文化放送で）

「どうもどうも。今日の『本気でDONDON』は例の北朝鮮のミサイル、テポドンについてです。なんだか番頭さんみたいな名前ですが」

久保純子（NHK・ニュース11）

「中日の星野監督、怒って、目がこうでしたよ」

いきなり両手の指で丸を二つ作り、目に当てて、右側の松平定知アナの方を見る。

「それは、カメラの方に向けないと……」

と松平アナ、苦笑。

久保アナ、そのままカメラに向って、

「こうです」

植草甚一（故人・エッセイスト）

一九七〇年代の半ば、植草さんはニューヨークに長期滞在していた。

表敬訪問したぼくをコーヒーショップにつれて行く。カウンターにガラスの大きな砂糖入れがあった。片手で持ち上げ、斜めにすると、そのまま、砂糖が出てくる容器である。

「珍しいですねえ」

と植草さんは眺めている。

「こういうものは日本にはないですね」

そんなこたぁない。しかし、うっかり異議を唱えて、怒られたら莫迦莫迦しいから、ぼくは「はあ」と答えておく。

「一つ、買っておきましょう」

コーヒーを持ってきた店の主人に、これを買いたい、と言う。主人は不思議そうな顔をしたが、奥に入って行った。

やがて、主人が持って出てきたのは、ビニール袋入りの砂糖だった。

グリニッチ・ヴィレッジでブリキの美術品（？）を作っている前衛芸術青年に感心した植草さん。

「ソ連からの亡命者だと言ってるんですよ。明日にでも買ってやろうかと思ったら、手付け金を置いていかないと、他の客に売ってしまうというんです。亡命者ってのは、かわいそうですからねえ。お金を払っておいた方がいいでしょうかね？」

渥美清（故人・役者）

エルヴィス・プレスリー主演の「アカプルコの海」の、高い崖から海への危険なジャンプのシーンでは、当然というか、プレスリーではなく、一目でわかる代役を使っている。それを見ての感想。

「駄目だよ。ああいうとこで手を抜いちゃ」

荒川強啓（TBSラジォの夕方の番組で）

ヴィジュアル系歌手についての説明をディレクターにきく。

「それで、売れてくると、化粧がうすくなるんです」とディレクター。

「化粧がうすくなって……で、TOSHIになるのかい？」

NHK・ラジオ深夜便の**男性**（九月二十二日深夜）

「三時からは台風7号の被害関係の情報を中心に、日本のコミック・ソング、ナンセンス・ソングを集めてお送りいたします。まず、『若《も》しも月給が上がったら』『忘れちゃいやよ』『のばせばのびる』です。……（曲終えて）うーん、いろんな意味で面白いですね。『のばせばのびる』というのは、私も初めて聞いたのですけど……」

（いいのか、おい）

（'98・10・8）

目黒と深川のあいだで

暑さ寒さも彼岸まで、といわれるが、今年は彼岸をすぎて、猛暑は収《おさ》まったものの、霖雨《りんう》が続いている。

梅雨《つゆ》どきからずっと降り続き、からっとした日は二、三日しかなかったように思う。天気予報の人も、梅雨前線がそのまま秋雨前線になっただけですと苦笑していた。

秋分の日、と言われても、どうもぴんとこないのだが、彼岸の中日《ちゅうにち》には、必ずお寺へ行く。お寺でぼんやりしているのが好きなのだが、今年は湿気の強さで頭がふらふらした。

お寺にひんぱんに足を運んだのは十代の終りだった。

父親が死んだからだが、そのころ、日本橋から目黒のお寺まで往復すると、半日はかかった。これがまず、今の人には信じてもらえない。

中央区日本橋両国（現在は東日本橋）の家を出る。両国橋の手前の停留所から新宿行きの都電に乗るのだが、これはたしか12番という線だった。須田町で1番に乗りかえる。上野駅〜品川駅という中心の線である。ごとん、ごとんと行って、京橋でおりる。

京橋交差点の安全地帯で待っていると、5番という電車がくる。永代橋から目黒駅まで行く都電だ。

目黒まではとても時間がかかる。なにしろ一九五〇年代後半の話である。トーマス・マンの長篇小説かなにか読んでいなかったら、とてももたない。

都電というものは、現在、存在していない。早稲田から三ノ輪橋まで走っている路面電車があるが、

「あれを都電と呼んじゃいけませんよ」

と、故野口冨士男さんに注意された。

「王子電車というんです、あれは。囲いの中を走る都電なんてありゃしません」

その通りである。〈囲いの中を走る〉んじゃないから、昔の都電はよくとまった。車が渋滞していたり、ポールが外れたり、車掌が自分でポイントの切りかえをしたりするから、すんなりとは走れない。また走ったところで、たかが知れている。

清正公前《せいしょうこうまえ》、白金台町を経て、目黒駅に着く。

まだ、このあとがある。お寺は目黒駅前にあるわけではない。権之助坂《ごんのすけざか》を徒歩で下っ

て大鳥神社の交差点を左折する。現在でいえば山手通り。この通りを渡った、丘の上がお寺である。

石段を上り、境内に入ると、山手通りの物音などきこえてこない。カラスの声のみ。田山花袋は「東京近郊一日の行楽」の中で、この辺りをとり上げている。大正時代には一日がかりで行く場所だったのである。

日本橋住いの人間がどうしてそんな近郊の寺まで通ったのか。怪訝《けげん》に思う方のために説明すると、海福寺はもともとは深川にあったのである。

深川二丁目付近。地図で見ると、日本橋側からは清洲橋を渡ることになるだろう。人の話ではこの寺は「鬼平犯科帳」に何度も出てくるそうだが、近年、時代小説を読むことがないので、ぼくにはわからない。「江戸名所図会」に出ている、と教えてくれた人もいる。

五年ほど前から、小説の取材で深川に出かけることが多くなったので、ぼくは旧海福寺の跡を調べてみようと思った。買い込んだ本の中に「江東区史跡散歩」という一冊があり、そこに記述があった。

〈**海福寺旧跡**（**深川2～17　明治小学校付近**）

黄檗宗《おうばくしゅう》。海福寺は寛永五年（一六二八年）創立され、「江戸名所図会」に広壮な全容が描かれている。明治四十二年、目黒区に移転し、大正九年十月、跡地に明治第

二尋常《じんじょう》小学校が創立された。〉

明治四十二年に目黒に移転した理由は定かではない。
昔、ぼくが耳にしたのは、深川に寺が多過ぎるので、移転の命令が出たというものだ。
おそらく、そんなところだろう。花袋は、他にも深川から目黒に移った寺がある、と書いている。

実際、現在でも深川には寺が多い。墓地も多そうだ。ぼくの知る限り、ほかで寺・墓地が多いのは、本郷、青山、六本木、麻布である。つまりは、この辺りが江戸の周縁だったのではないか。江戸城を中心にして見ると、そういうことになる。そして、深川は埋め立て地でもあり、〈ご朱引外《しゆびきがい》〉(江戸市中ではないこと)だったので、特に寺を多く作った。

明治政府になってみると、これはどうも具合が悪い。当時は水害も多かったので、衛生上もよろしくない。寺を郊外に散らそう。——と、まあ、こんな方針ではなかったかと推測する。

推測だけでは心もとないので、深川二丁目の明治小学校を見に行った。休日で、中には入れないが、古めかしい校舎で、校庭がずいぶん広い。しかも、全くの街なかである。江戸時代はちがうだろう、といわれるかも知れないが、海福寺の前には茶屋が二軒か三軒あったそうである。鬼平も出没しているということは、そう静かな場所でもなかったのではないか。

突然、目黒への移転の命令が出たので、お寺もびっくりしたろうが、檀家《だんか》の人たちも驚いた。

海福寺の先代ご住職のお話では、ぼくの祖父は下町から郊外の目黒まで行くのに、イギリス製の自転車を買ったそうである。

「実に、得意そうにお見えになりましたよ」

という話だった。新しい物、文明開化大好きの祖父なら、そんなところだろう。

春秋の彼岸・盆に集まる檀家の方々は、先祖が下町人種である。だが、父母が死んでしまった今となっては、ぼくには、誰が誰だかわからない。

先代のご住職や父親が生きている時に、メモをとっておけばよかったのだが、今となっては手遅れ。明治、大正はおろか、昭和の初めの事情もわからなくなった。

それにしても、大学二年生、十九歳で、日本橋と目黒の間を往復していた自分は何を考えていたのだろう。父親の死にともなうトラブルで頭が一杯だったのだろうか。それとも、ただ、ぼんやりしていただけか。

('98・10・15)

消えた黒澤フィルム

黒澤明監督の死を追悼する第一波がほぼ終ったと見られる現在、気になる事実があるので、どうしても記しておきたい。それは〈作品評価〉の問題ではない。追悼第一波の終りともいうべき「キネマ旬報」十月下旬号の〈追悼　黒澤明〉特集を読めば、海の向う側とこちら側での黒澤評価にはかなりの差があり、どちらが正しいといえるものでもないと思う。

問題はフィルムである。

黒澤作品は全部で三十本であるが、そのうち二本は完全ではない。

1　「姿三四郎」

この処女作は一九四三年春に公開された。その時点で、ぼくは少くとも二度は観ている。

後年、並木座で観かえした時に、途中で突然、〈この映画は戦争の混乱によって欠落が生じた〉というタイトルが出たので、あ、これは不完全な版なのだ、と気づいた。戦後ずっと、この版が上映されていたとおぼしい。

「キネマ旬報」によれば、この短縮版は一時間十九分であるという。カットされたのは数分だろうが、なぜ短いかという理由は明らかではない。

ぼくの考えはこうである。

一九四四年三月五日に内務省から出た通達の中に、

〈劇映画の長さは二千メートル（映写時間にして一時間十三分）以内にする〉

という一行があった。

これからの映画をそうするというのならともかく、再上映の需要の多い過去の作品も、なるべくこの上映時間内におさめて欲しいというのである。

不幸にして、大ヒット作品「姿三四郎」は、封切後一年たっても需要が多く、ぱっとしない映画と二本立てで上映されていた。「姿三四郎」の短縮版はこの時に生じたというのがぼくの推理である。

莫迦莫迦しいのは国策映画（例えば「雷撃隊出動」）などはこの規定の外にあり、「続姿三四郎」だって一時間二十三分ある。

若い人が占領軍（アメリカ）の検閲と勘ちがいするといけないからつけ加えると、明らかに〈反英米的〉シーンのある「続姿三四郎」は完全なフィルムが残っている。「姿三四郎」の短縮版を作ったのは日本人自身と思われる。

2　「白痴」

「姿三四郎」の場合は、敗戦が近い状況の中での興行の愚かしさから生じたものだが、一九五一年の「白痴」（松竹）は別な愚かしさの犠牲になった。

黒澤明の仕上げた版は四時間二十五分。松竹の命令で三時間に短縮されてロードショウ公開され、それでも長いというので、二時間四十六分の版が一般公開された。「これ以上切るなら、フィルムを縦に切れ！」と黒澤明が怒ったのはこの時だ。現在、ビデオやレーザーディスクになっているのは、この版である。

ところが――。

前記の「キネマ旬報」の中に、ちょっと信じがたい、しかし、その誠実な作風からして信じるほかない映画監督の、次のような文章があった。

〈私は何としても（「白痴」の）完全版を探し出したいと思った。短縮版をつくる際にオリジナルネガは切られても、常識として完全版ポジは、零《ゼロ》号か初号としてプリントされた筈だ。それがあれば完全版のネガをつくることは可能である。それは一体、どこにあるのか。〉

そして、〈私〉は〈この完全版ポジ〉が某所にあるのを耳にする。黒澤明はロシアにあるのではないかと語っていたが、意外にも日本国内にあった。

〈色々と事情があって、目下、所在は公表できない〉が、〈私〉はそれが〈完全版ポジであるのを確認した。その際、可燃性ポジのままであることが非常に気がかりであった。〉

そんなことがあるのかと思う人が大半だろうが、フィルム・コレクターの世界は摩訶《まか》不思議であり、ぼくはあり得ることだと思う。

「七人の侍」でさえ、日本国内の名画座では、ずっと二時間何十分という短縮版が上映されていた。

三時間二十七分の版は、当時、ニューヨークの東宝インターナショナルにいた大平和登さんが発掘、上映して、ニューヨーク・タイムズの大きな記事になり、高く評価された。（日本で三時間二十七分の版が上映されるようになったのはそれ以降である。）

一九八〇年十月、「影武者」試写のために黒澤明がニューヨーク映画祭に乗り込んだ時、ぼくはたまたまニューヨークにいた。

大平和登さんに「姿三四郎」のことをコボすと、

「うちのオフィスにあるのは、完全版じゃないだろうか？」

という話になり、ニューヨーク在住の友人二人とチェックすることになった。

試写室の料金はぼくが払うことにして、強い雨の中、フィルムを運んだ。

正確な場所は忘れてしまったが、古いビルの何階かに上り、中年の女性に迎えられた。彼女は映画マニアで、クロサワの処女作を上映できることに興奮していた。

小さな試写室にはコーヒーポットとドーナッツ、ケーキが準備されていて、（こういうものか）とぼくは珍しかった。コーヒーを飲み、壁のブザーを押すと、上映が始まった。

久しぶりに観る「姿三四郎」は、やはり、面白かった。

ただ、残念なことに、これも不完全版であり、〈欠落部分……〉云々《うんぬん》は英語のタイトルが出た。三人はがっかりし、明るくなると、コーヒーに手を出した。

その時、拍手がきこえた。

ふり向くと、ガラスの向うに、中年女性を中心にして、映画青年らしい若者が何人もいた。英語の字幕が出るので、彼らも充分に理解できたのだろう。

ぼくたちが廊下に出ると、若者たちは、

「ファンタスティック！」

と言って、握手を求めてきた。

「このクロサワ映画は初めてだ」

「今、とてもエキサイトしている」

などと、口々に言った。

ぼくは支払いをすませ、フィルムを抱えた友人たちと暗い街に出た。さほど遠からぬ華やかな映画祭会場で黒澤明が挨拶をしている時刻だった。

（'98・10・22）

現代〈恥語〉ノート 3

そういう日本語は確かにあるし、辞書にものっているが、心ある人にとっては恥ずかしい——そうした〈恥語《ちご》〉ノートの続きです。

遺憾《いかん》に思う——むかし、植木等さんに「まことに遺憾に存じます」という歌詞の歌があって、あれ以来、この言葉を使うのは恥ずかしく感じるはずなのだが、大臣・役人は依然として使用している。

最近、北朝鮮のミサイル、テポドンについて、政府の誰かが「まことに遺憾に思う」と述べていたが、そーゆー言い方じゃすまされないだろうが、と怒りを禁じえない。

オマヌケなオバカサン映画——ある種のアメリカのC級映画をこう表現して、バカげているけれども楽しい、とする人たちがいる。それは大体において喜劇映画である。

しかし、アメリカのすぐれた喜劇はとてもクレヴァーな頭脳で作られている、とぼくは思う。〈オバカサン映画〉はジェリー・ルイス以後の産物であり、そうしたC級映画

（シモネタが多い）を面白がるアメリカの若者がおり、追随《ついずい》する日本の若者がいるということだろう。

芸術的なヒット――テレビ、ラジオの野球中継から生じた言葉。たとえば、広島の前田選手やオリックスのイチロー選手の打撃をこう形容する。気持はわかります。鮮やかな、とか、職人芸、では言葉が足りないから、〈芸術的な……〉と叫んでしまう。それはわかるけど、芸術的というのはちょっと違う気がするな。特に、ぼくみたいにラジオで聞いている者には、どう芸術的なのか、よくわからない。それなら聞くな、と言われれば、それっきりだが。

公的資金――〈税金〉である。公的資金を何十兆円もつぎ込む、といわれても、不安なだけであるが、国民の血税をつぎ込む、無駄づかいする、となれば、いかにおとなしい日本国民でも反乱をおこすだろう。言葉のすりかえが低支持率のオブチ内閣を辛うじて支えている。

事件にまき込まれた疑い（おそれ、可能性）――非常に多用されるマスコミ用語。あいまいで、もってまわった、気にさわる表現だが、要するに殺された可能性があるということではないか。役人言葉なのか、翻訳調なのかはわからないが。

チンする――テレビの料理番組などで「奥様方がチンして……」と言う。「軽くチンして召し上ってください」とも言う。あれこれ言葉を禁止しておいて、これはいいのですか。禁止しろなどとは言わないが。

偵察衛星――英語では〈スパイ・ミサイル〉と言っていたぞ。はっきりそう言ったらどうか。

○○にとって××とは何か――吉本隆明さんの名著「言語にとって美とはなにか」から出たマスコミ用語だから、一九六〇年代から今まで使われている。キャリアのある映画監督に「あなたにとって映画とは何ですか」と訊く。すらすらと答えられたら、インチキな監督だろう。また十代の女の子に「きみにとってアイドルとは何？」などと訊いている。ま、台本にそう書いてあるのだろうが、一度、吉本さんのむずかしい本を読んでみたらどうでしょうか？

○○に優しい――代表格は〈地球に優しい〉である。環境保護のコピーで、文句あるか的な感じもなくはないが、とりあえずは、そうですよねえ、である。

そのうちに〈身体に優しい石けん〉や〈皮膚に優しい洗剤〉が出てきた。優しいずくめであるが、〈住民に優しい生活環境〉は日本にはない。生活費と税金が高いし。

脳内思考――貴乃花を洗脳した(?)といわれる謎の整体師の壁にあった文字で、〈脳内革命〉の二番煎じであるが、考えてみると妙である。思考は脳内に決まっている。〈脳外思考〉というものがあるのだろうか。この四文字だけで、かなり怪しい人物だと思う。彼は布施明に向って「背骨が曲っているのは根性が曲っているからだ！」とわめき、言われた布施は二度と行かなかった、とラジオで語っていた。

ビップ――これがどうも神経にひっかかる。VIP又はV・I・P（Very Important Person）を英語でビップというのかどうか、片岡義男さんにでも訊かないとわからないが、どのみち、ビップという発音ではないだろう。

「おれって、ビップ扱い」

「私、ビップ待遇」

これがどうも……。しかし、日本語の辞書には、出ているのでね。

貧乳⟷微乳――巨乳好きというのは、どうもわからない。わからないけど、そういう人たちが存在するのは知っている。それにしても、貧乳っていうのはひどい。女の子がこんな言葉を使ってはいけない。男といえば巨乳好き、という固定観念が女の子にはあるのですねえ。全然、ないんじゃまずいけど、少しあれば、いいんじゃないですか。私、そう思いますが。巨乳・爆乳が駄目な人間なんで……はい。

ボキャ貧――これは恥語大賞ものです。

「おれって、ボキャ貧だから」

と公言したのはオブチ総理大臣。

〈ボキャブラリーが貧困〉の意味らしいが、こんな言葉を使う総理大臣は初めてではないか。なんというか、放置しておけない気がする。どうしたらよいものか。本当に恥ずかしがるような人物だったら、とっくに総理をやめているだろうし。

ま、いいか――ここ十数年間、日本人はこの言葉に支配されてきた気がする。政治、文化に対して怒ろうとして、（ま、いいか）でやめてしまう。（仕方がないや）の同義語であり、思考停止用の言葉でもある。

ロンゲ（毛）――説明不要。ただただ恥ずかしいだけの言葉。不快語。

やぶさかでない――とんねるずの歌にありましたね、これ。

またしても、オブチ語であるが、政治家言葉の一つなのでしょうな。

「野党の代表と会談するのにやぶさかでない」

重々しい言い方なのだが、オブチ氏の口から出ると妙に軽く、空気が白っぽくなり、笑いが凍りつく。

私って〇〇の人だから――これは古い言いまわしだ。一九六〇年代初め、飛ぶ鳥も落した某芸能プロ社長夫人が使ったのが始まりでしょう。そして、「おれって、保険ぎらいの人だから」などと、いまだに健在。

（'98・10・29）

人生の秋《オータム・ソナタ》とリストラ

新しい本を出す時に、サイン会というのをやることがある。広末涼子や久保純子（ま、ぼくの好みでいえば天気予報の久保恵子だが――）なら知らず、ぼくがサイン会をやってどうするのだ、と言われるかも知れない。いや、言われるだろう。

でも、これはPR活動ですからね、ささやかながらも。桑田佳祐ほどの人だって、新しいアルバムが出る時は、爆笑問題の深夜放送に出る時代なのだ。

で、まあ、サイン会場で、油性のサインペンを手にして、居心地悪くしていると、必ず、「好きな言葉をご本に書いて下さいませんか」と訊く女性が現れる。

そうした要求に応じるのがサイン会なのだが、ぼくにはそーゆー言葉、モットーなどないので（まさか「生れてすみません」とも書けないでしょうが）、謝ってしまうことにしていた。

しかし、そうもしていられない時代がやってきた。書店へ行ってごらんなさい。タレント、歌手のサイン会には人が押しかけ、階段までならんでいる。

そこで、ぼくも色紙用のマイ・フレーズを作ることにした。いわく、〈人生は夏休みより短い〉。


これは全くの実感なのだが、〈夏休み〉というのは一九四五年、昭和二十年のそれである。

日本中の大都市が片っぱしからボーイングB29に爆撃されている時、日本はいつギヴアップするかという時、なぜか中学の夏休みはあった。ぼくは今でいう上越にいたのだが。

長い長い夏休みである。なんたって、夏休みに入った時には、時の首相が米・英・中国に対して〈戦争継続を表明〉している。

これが引き金になって広島・長崎への原爆投下があり、ソ連が日本に宣戦を布告した。八月十五日、昭和天皇の〈戦争終結〉のラジオ放送があり、八月三十日にマッカーサーが厚木におり立って、夏休みが終った。戦争と平和の境い目である夏休み。ぼくは十二歳だった。


この夏休みの目もくらむような長さ、不安にくらべれば、そのあとの時間は短い。

七年後、敗戦による混乱がしずまりかけた東京で、父親が死んだ。五十歳。当時の死病である結核によるとはいえ、その時代でも早死にといわれた。

おかしなもので、人間は五十で死ぬ、とぼくは思い込んだ。今どきの若い人のように人生の計画を立てないぼくは、自分は五十まで生きるかなあ、ぐらいにしか考えなかった。

自分が五十になった時は、変な気がした。（おいおい……）という気分である。父親の方が若くなってゆく――奇妙なものである。

中産階級は昔の方がラクだった、とつくづく思う。満六十になったら還暦祝いの赤いチャンチャンコを着る。貸し家の店賃《たなちん》の取り立てをするぐらいで、万年青《おもと》の手入れと小唄の稽古で日を過す。

今は、そうはいかない。

「人生は五十一から」というタイトルも、五十を過ぎた時の妙な気分、そして、成りゆきとはいえ歳のわりには仕事をしているぞ、と、そんな風に自分を励ますつもりで決めた。こういう悪い時代には仕方がないでしょう、皆さん、という意味も含まれている。ほんと、今の日本で五十過ぎの人間が生きてゆくのは大変なのです。

「人生は六十一から」という戦前の東宝の喜劇の題名がヒントでしょう、という若い人もいるが、それはちがう。それをいうなら、レオ・マッケリー監督の「人生は四十二から」（一九三五年——原題は全くちがう）という戦前の名作映画である。はじめは、「人生は四十一から」にしようと思ったのだが、あまりにも似てしまうので、やめた。それに、四十一なんて、今のぼくには、青年時代の終りぐらいにしか思えない。

先ごろ来日した、これまた還暦を過ぎたロバート・レッドフォードが、心配ごとは「歳をとることだ」と語っている。

ぼくはまだ観ていないが、新作「モンタナの風に抱かれて」の中に、そういう台詞があるらしい。

「いや、歳をとるのは当り前だ。こわいことじゃない。こわいのは〈社会に対して機能しない人間、人生に目的を持たない人間〉になってしまうことだ」

台詞はそう続くらしく、レッドフォードは、

「私も同じ気持です」

と語ったという。

これはまあ、往年の二枚目だから当然なのだが、彼がえらいのはいまだに二枚目スターであることで、それが出来なくなると、彼が主宰するサンダンス・インスティテュートや映画祭の世界も消滅してしまうのだ。

父親が死ぬ前の一、二年、ぼくは〈社会に対して機能しない人生〉となった父はつらいだろうなあ、と思った。十代でもそれくらいは感じるのである。

〈手に職がない〉ままに、和菓子屋の主人になったのが、父の不幸の始まりであった。本当は車が好きで、エンジニアになりたかったのが、祖父の命令で家業を継いだ。

平和な時代には、それでも、やっていけたのである。店は奉公人に任せておけばよい。カー・マニアの父は黒いオースティンのデリヴァリー・ヴァンを飛ばして、憂《う》さをはらしていた。

日中戦争が始まり、オースティンがダットサンに代ったころでも、父は町内会の仕事、消防団の仕事で忙しかった。きわめておとなしい二枚目だった父は、頼まれればいやとはいわなかった。

父の不幸は〈戦後〉である。空襲で家と財産を失い、できることは何もなかった。せめて饅頭《まんじゅう》でも作れれば、それだけで一財産築けた時代であるが、〈手に職がない〉のではそれも不可能。彼を必要とした共同体——町は消滅していた。社会が必要としなくなった人間——めっきり髪が薄くなった父は正にそれであり、ぼくは悲しかった。

サラリーマンが四十代でリストラの対象となる世相を見ると、ひとごとではないのだが、ぼくは、まず晩年の父を想い出す。そして、人生は五十一から、と祈らずにはいられない。

（'98・11・5）

そういつまでも騙されない

モヤモヤ、イライラが日本中を覆っている。

カルト殺人グループは〈人権〉の名の下に罪を軽減され、きわめて怪しいカレー事件夫婦もまた〈人権〉で守られようとしている。少女を殺した殺人犯はいずれ口笛を吹きながら出てくるだろう。つまりは、殺された者が損をする。殺され損《ぞん》。この国では被害者の人権など問題にされないのである。

明らかに異常なこの事実を大新聞・テレビは直視しない。しないどころか、さらに活動を続けようとしているカルト教団の〈人権〉を主張する大新聞さえある。いわく、「感情的になってはならない」だと。国民のモヤモヤ、イライラはここからも生じている。

横浜ベイスターズの三十八年ぶりの日本一はまことにめでたいが、ぼくが今年、ベイスターズを熱っぽく応援した、その何分の一かは、例のモヤモヤ、イライラから逃れたいという気分からであった気がする。純粋ベイスターズ・ファンには申しわけないが。

政治家はもちろんのこと、エリート的文化人はタクシーに乗らないだろうから、ちょっと記しておくと、数日前、四谷から伊勢丹までタクシーに乗った。荷物が多かったのでそうしたのだが、驚いたことに、四谷〜伊勢丹、伊勢丹〜京王プラザ、京王プラザ〜自宅と、三台のタクシーの運転手がいずれも〈新人〉で、全く道を知らなかった。たとえば、四谷〜伊勢丹という、近過ぎる距離でも、ドライヴ・マップを見なければ道がわからないのだ。

どの運転手も、失業して、タクシー・ドライヴァーを選んだという。政府の発表では失業者が三百万人だそうだが、実際の数字はもっと多いと思う。

三人の運転手はいずれも〈アンチ自民〉であった。中には「共産党がやったって、これよりはましですよ」とはっきり言う人もいた。「オブチとミヤザワは長銀問題で嘘をついた責任をなぜとらないんですか」と、別な一人が吐きすてるように言った。三年前には、こんなことは考えられなかった。

他人ごとではない。

ぼくなども、文庫の初版部数が十年前の半分かそれ以下である。これを不況とそのまま結びつけるわけにはいかないが、まあ、一種のリストラであろう。部数が半分になれば、当然、その収入も半分になる。だから、半失業者、失業者の苛立ち、怒りはいやというほどわかる。（昔、完全な失業者だったこともあるし。）

しかし、政治家にはそんな痛みなど、まったく見当もつかないだろう。官房長官はオブチ政権の維持に必死である。自民党政権をいかに保《も》たせるかしか考えていないのだ。

三年前とちがうのは、そうした足掻《あが》きがすべて国民に見えてしまっていることだろう。官房長官の一挙一動がこれほど細かく報じられ、手の打ち方が一つ一つ見える（隠れて行動してもすぐに明らかになる）なんて、前代未聞ではないか。

自民党のズレ方は――

「日本の経済成長はわしらが作った」

と思い込んでいるところにある。

質はちがうが一九六〇年の安保のとき、やはり、岸内閣へのモヤモヤ、イライラがあり、暗い岸信介が退陣する。

代って登場した池田内閣は――

「このたび、国民所得倍増計画を決定しました」

と明るく声明し、高度成長が国策となったのだが、この年（奇しくも大洋ホエールズが優勝した年だが）、ぼくはそうひどい生活をしていたとは思えないのである。その一端を記してみよう。

ぼくは二十七歳で、独身。

六月十六日にはアイゼンハワー米大統領の訪日が延期され、デモ隊は気勢をそがれた。その夜、会社の帰りに友人と下北沢でストリップを見、「カヌー」ほか二軒のバーに寄って帰宅すると午前三時。

六月十八日夜、別な友人と西銀座で落ち合い、すわり込みで寒くなるといけないので、赤ワイン、タルタルステーキ、バーベキューを腹に入れて、国会へ行く（安保自然成立の夜）。日本が〈革命中のように見える〉という理由でアラン・ドロンの来日がのびたのは大笑い。（注・アラン・ドロンは映画「太陽がいっぱい」のPRのために来日するはずだった。）

当時、東京にイタリア料理屋は三、四軒しかなかったが、イタリア料理、ドイツ料理となると、ぼくは横浜に出かけた。

ぼくの場合、食生活は現在とさして変らないが、アパートは四畳半一間で、今でいえばワンルームだ。その点を除けば、生活は特に変らない。独身者として中級の生活ができたのは、テレビ、ラジオの出演料が入ったからだ。月収は五万～七万で、モリソバが三十五円、映画が二百円だから、そこそこの生活ができた。

政治オンチのぼくが国会の前にすわり込み、抗議デモに参加したといって嘲笑する人もいたが、今年、ベイスターズ・ファンが球場のまわりにすわり込んだあののりである。そういうのりがわからないと、六〇年安保がなぜあれほど盛り上り、巨大なものになったかは理解できまい。

――というようなわけで、やがて会社をやめて、フリーになったぼくには、〈所得倍増〉という国策はいささか迷惑であった。

だが、十五年前に〈聖戦〉を信じて突き進んだ日本国民は、〈所得倍増〉に向ってヤミクモに突き進む。その結果があの高度成長である。

しかし、今やもう、あのような、経済の右肩上りの時代はこないと考えるべきだろう。国民はすべからく、生活の設計を百八十度変えて、消費を縮小せざるをえまい。いや、現実は、もう、そうなっているのだ。

政治家、役人、銀行、土建業のための経済の時代は終ったのである。

敗戦直後、日本人はなんとか昭和八年の生活水準に戻りたいと願ったと山本夏彦さんが書いておられたが、その水準に戻ったのはいつごろなのだろうか？

ぼくのささやかな希望では、一九六〇年代初期、つまり東京オリンピック以前の静かな生活が望ましい。

フランスの三つ星シェフの料理やら、超高級ワイン、各種パスタの溢れる生活と交換に、ぼくたちは、映画、小説、その他、近所の店でうまいソバが食べられる程度の日本文化さえも失ったのである。そこらの成りゆきを本気で考える時がきているのではないだろうか。

（'98・11・12）

乱歩、正史、清張のこと I

ＮＨＫの「クローズアップ現代」という真面目なテレビ番組が出版界の不況を取り上げたせいもあって、世の人々は「ひどいらしいですねえ」と声をひそめて言う。

ぼくに言わせれば、今に始まったことじゃないというところだが、ひとりになると、何十年も前に耳にした呟きを想い出す。

「不況になると推理小説が売れるんだ」

戦前戦後の不況を体験してきた江戸川乱歩の呟きである。

いや、今売れているのはホラーや暗黒街ものですよ、とひそかに言いかえしたとしても、江戸川乱歩の頭の中ではそれらはすべて〈推理小説〉に含まれているのである。

若い作家に、

「江戸川乱歩先生と横溝正史先生の仲が悪かったことがあったって、本当なんですか？」

と訊かれたことがある。

「いや、そんなことはないけれども」

ぼくはとっさにそう答えたが、あの微妙さは活字にするしかないな、と思った。言葉では、時代の雰囲気までは伝わらない。

そんなわけで、今回は乱歩と正史のことを書く。次回の松本清張も含めて、敬称は略させて頂く。

横溝正史（一九〇二〜一九八一）は意外にも江戸川乱歩（一八九四〜一九六五）より早く推理小説を書きはじめている。早熟の才能だったのだろう。

乱歩が「二銭銅貨」で雑誌「新青年」に登場したのは大正十二年（一九二三年）、二十九歳の時だった。

初期のすぐれた短篇のほとんどが大正十四年までに書かれ、昭和二年春には執筆を休止する。

一方、横溝正史は二十五歳で「新青年」の編集長になり、翌年、休筆中の乱歩に「陰獣」を書かせる。推理小説（当時の言葉では「探偵小説」）に高い理想をもっていた乱歩は、喜んで百七十五枚の「陰獣」を書いた。

余談になるが、「陰獣」とはネコのたぐいのことで、「淫獣」ではない。乱歩がエログロの〈ひどく通俗的な作ばかりを書く〉ようになるのはこの後で、「陰獣」は好評であった。しかし、乱歩の中にはこういう考えもあった。

〈ところで、本当のことを白状すると、実は私を駄目にしたものは「新青年」なのである。横溝君の主張したところのモダン主義という怪物が、旧来の味の探偵小説を、まことに恥しい立場に追い出してしまった。（中略）即ち私の如き、やけくそな、自信のない鈍物は、昨日の幽霊の如く、はかなくも退場すべきときである、と思ったのです。そして書く気がしなくなったのです。〉（「探偵小説四十年」）

モダン主義というのはモダニズムである。古めかしい探偵小説雑誌をモダニズムの雑誌に変え、若者がとびつくようにした元祖は横溝編集長であり、映画でいえば、エルンスト・ルビッチ、マルクス兄弟を、輸入された時点で、高く評価している。

一方、横溝正史は――

〈戦後この（乱歩の）文章を読んだとき私は愕然たらざるをえなかった。そういえば当時、

「いまの新青年みたいなモダン雑誌に、ぼくみたいな作家は不向きだろう」

というような言葉を二三度乱歩から聞いた記憶があるが、乱歩がかくも被害妄想狂であり、かくも私に対して遺恨《いこん》コツズイであり、深讐《しんしゅう》メンメンであったろうとは、真実私は思いもよらぬところであった。私が「新青年」をすっかりモダンでダンデ

ィーな雑誌に改造したのは、私なりの主張なり意見なりがあってのことだが、それに触れることはここでは控えよう。私はモダン趣味と探偵趣味は両立しうると考え、「新青年」はつねに乱歩を必要としていたのである。そして、そのことを乱歩も知っていたはずなのだが。〉(「幻影城」一九七五年増刊号)

そして日中戦争から太平洋戦争。〈不健全な〉推理小説は弾圧され、乱歩は「少年探偵団」もの、正史は人形佐七捕物帳ほかの時代もので雌伏《しふく》する。

一九四五年夏の敗戦で、推理小説はよみがえった。

戦時中に、横溝正史は原文でディクソン・カーやナイオ・マーシュを読んでいた。一九四六年、「本陣殺人事件」と「蝶々殺人事件」を二誌に同時連載して、一躍、〈推理文壇〉の第一人者となる。

「本陣殺人事件」完結後、すぐに乱歩は「『本陣殺人事件』を評す」という長い文章を発表した。当時、中学二年だったぼくにとって、〈画期的な作品である〉という乱歩の言葉は絶対のお墨付きのように見えた。

乱歩が亡くなって十年後の一九七五年、ぼくは角川書店の依頼で、二日にわたって、軽井沢にいた横溝正史にインタビューを試みた。いわゆる〈横溝正史ブーム〉のころであった。ぼくは氏の子供以下の世代に属するが、乱歩、正史の双方に接していた作家が、もうあまりいなかったのである。

その時、「『本陣殺人事件』を評す」の話が出た。その部分は活字ではこうなっている。

〈**横溝**　乱歩、あれ（を）発表する前に送ってくれましたよ、原稿を、「こういうものを書くんだが」って。もう、ぼくは異議はないわね。〉（「横溝正史読本」）

二十数年たったから、もう書いてもいいと思う。最後の一行は削られていた。速記ではそこはこうなっていた。

〈……異議もなにも、いきなり、ナイフかドスをつきつけられたように思ったね。〉

モダニズムとはいったが、もともと横溝正史には草双紙《くさぞうし》趣味があり、それが英米流のミステリの論理性と結びついて「本陣殺人事件」が生れた。

戦時中にカーを読んで、戦争が終ったならば、と勢い込んでいた乱歩が、弟分でしかも結核を病む正史に先を越された無念、あえていえば嫉妬めいた感情さえ、「『本陣殺人事件』を評す」には感じられる。〈ドスをつきつけられた〉と正史が感じたのは当然であった。

にもかかわらず、後年、探偵作家クラブの幹事の反対を押し切って、出来たばかりのホテルオークラで横溝正史の還暦祝いを実現したところに乱歩の人間としての大きさがあると思う。

「ぼくは横溝君には世話になっているんだ」と乱歩は強調したという。

（'98・11・19）

乱歩、正史、清張のこと Ⅱ

松本清張（一九〇九〜一九九二）が「或る『小倉日記』伝」で登場したのは昭和二十七年（一九五二年）。時代の風潮とちがう古いタイプの作家と見られたが、坂口安吾は「この人は推理小説を書いたらいい」と予言した。こういう時の安吾は鋭い。もともと松本清張は戦前の「新青年」の愛読者だった。「新青年」は海外のミステリを集めた増刊を定期的に出していたが、フレッチャーという古風な作家が好きだったと清張は語っている。推理小説の素養はかなり古めかしい。

日本の推理小説はそう売れるものではなかった。十万部を超すベストセラーになったのは昭和三十二年（一九五七年）の仁木悦子の「猫は知っていた」が初めてで、松本清張の「点と線」と「眼の壁」がベストセラー・リストに入ったのはその翌年だったと記憶する。清張は短篇集「顔」がすでに高く評価されていた。

雑誌「宝石」（現在の「宝石」とは関係がない）は戦後の推理小説界の〈顔〉のような存在だったが、売れ行き不振で潰れる寸前の状態にあった。江戸川乱歩が編集に乗り込んだのは昭和三十二年で、それは自分の金を注ぎ込むことでもあった。世間は〈推理小説ブーム〉ともてはやしたが、だからといって、専門誌が売れるわけではない。

「おれが手がければ、黒字になるという自惚《うぬぼ》れがあったんだ」

後に乱歩はぼくにそう語った。きわめて率直《そっちょく》な人だった。

この会社がもう一つ雑誌を出すために、ぼくは乱歩に雇われた。何人かが断ったので、ぼくがやるようになったのだが、それでも、引き受けかねていると、「失業者がゼイタクを言うな」と言われた。三号まで赤字だったらクビという恐ろしい条件つきである。

そのころ、「宝石」は清張の「ゼロの焦点」を連載していた。一流週刊誌の十分の一の原稿料で超流行作家がよく書いたと思う。もっとも戦前からのベテラン校閲者《こうえつしゃ》がいて、時刻表のミスを全部直していたから、専門誌ならではのプラスはあったのだが。

「宝石」の中年の編集長につれられて、石神井《しゃくじい》（だったと思う）の松本家に挨拶に行ったのは昭和三十四年（一九五九年）の春、まだ寒いころだった。潜水艦にあるような階段を登ったのを覚えている。

がっしりしたデスクの向う側にすわった清張は、

「江戸川乱歩が初期の短篇だけで亡くなっていたら、天才と呼ばれたのになあ」

と言った。

ずいぶんひどいことを言うと思ったが、当っていないわけでもない。清張はほぼ同じことを活字にもしている。

〈(自分が驚嘆した) 乱歩が「一寸法師」あたりから、いわゆる講談社の通俗雑誌に走るようになって、私の乱歩への傾倒は消滅した。私は氏の輝かしい生命はその時に終ったと思った。この考えは (多少の修整はあるが) 今でも変っていない。〉

その日、松本清張は、

「推理小説のトリックの分析をやってみたい。雑誌で、毎月、六、七枚のエッセイなら書けるから」

と言った。

新人編集者が、これで喜ばなかったら、どうかしている。

少したってから、確認の電話を入れると、

「約束をしたわけじゃない。いま忙しくて、そんなことを考えているひまはない」

と言われ、ぽかんとした。

かなりこまかい打ち合せもしたので、誰かが脇から止めたのだ、とぼくは今でも思っている。

島崎博が作成した横溝正史年譜をみると、〈昭和三十九年（一九六四年）六十二歳〉のところに〈氏が茲後《じご》十年間探偵小説の執筆を停止〉とある。この十年は〈暗黒の十年間だった〉と横溝正史はのちに回想している。

手元にその文章がないので、記憶で書くことになるが、人気が昇り坂だった時の松本清張が〈今までの日本の推理小説＝謎解きやトリックに凝っているパズル的遊戯〉を激しく攻撃したことがある。

名前は出していないが、明らかに横溝正史を指したもので、横溝びいきの荒正人（評論家）が反論し、論争になったことがある。

松本清張の立場は〈社会派（推理小説の手法で社会悪を描くもの）〉であり、六〇年安保前後の時代には、少し言い過ぎの感はあっても、説得力があった。それに、清張は「時間の習俗」のようなトリック小説が書ける――ということもあるが、「黒い福音」その他の〈社会派〉推理小説が圧倒的に面白かったのである。

〈社会派〉といっても、そういう作家は二、三人しかいないのだが、流行ともなると、便乗〈社会派〉が次々に出てきた。そういう装いのものならすぐに出版された。この時期に、トリックのオリジナルな小説をじっと書いていたのが鮎川哲也だが、おそらくはこうした風潮が横溝正史を沈黙させたのだろう。

江戸川乱歩の大きな意図は、つい近年まで低いものと蔑視され、文学賞の対象から外されてきた推理小説の地位の向上にあった。

昭和三十八年（一九六三年）一月に、日本探偵作家クラブを解消して日本推理作家協会が設立され、乱歩は初代理事長に選ばれた。この時、身体がかなり悪くなっていたはずで、八月に辞任する。

このあとが、実に現実的な乱歩らしいのだが、二代目理事長に流行作家の松本清張を据えたのである。一貫して日本の推理小説を批判してきた作家を自分の後任に据える——死を前にして、片づけるべき仕事を片づけたという感がある。

乱歩は昭和四十年（一九六五年）七月二十八日、脳出血で亡くなった。

葬儀の日は暑く、棺をかついだ松本清張が涙を流していたのを目撃した。

その日、江戸川邸の応接間で、ある推理作家がぼくにこう語った。

「亡くなる前に、乱歩さんはこう言っていた。推理小説が社会に認知され、読者の裾野がひろがったのは確かに嬉しい。しかし、それはもうぼくの好きな推理小説ではないんだ。だから、ぼくは推理小説への情熱を失い、興味がなくなった……」

横溝正史の華々しい〈復活〉は、それから九年後であった。

（'98・11・26）

ポスト・オウムの犯罪ドラマ「踊る大捜査線」

旅先で時間があいたので、映画「踊る大捜査線 THE MOVIE」を観ようとして劇場に入った。

驚きましたね。昼間の二時前なのに、女子トイレの外まで高校生の行列ができているのだ。日本映画でこんな光景はめったにないと思う。

フジテレビのドラマ「踊る大捜査線」は一九九七年一月から三月まで放送された。ぼくはテレビドラマと時間帯が合わない（つまり、その時間は眠っている）ので、一度も観なかったが、家族の一人がファンで、録画していたらしい。

テレビの「踊る大捜査線」は大ヒットとはいえなかったが、カルト番組として、夕方に一度ならず再放送されている。さらにスペシャル番組が二つ、番外篇が一つ作られ、これらはいずれも高視聴率で、ぼくはこのうちの二つを観た。

だから、映画になったのは、〈テレビのヒット番組→映画化〉というお決まりのパターンではない。長い時間をかけて、じわじわと人気が出、製作サイドも弾みがついて、映画化に至った。とはいえ、ぼくはドラマの人間関係などほとんどわからずに、いきなり映画版に接したに等しい。

映画「踊る大捜査線」の導入部は〈非常に魅力的〉とはいいがたい。笑えないギャグがあって、タイトルが出るので、なんだ、この程度か、と思う。ところが、このギャグ(内容は書けない)が、後半のクライマックスで生きてくるので、あなどれないのである。

この映画は決して刑事ドラマではない。製作サイドがどこまで意識したかは知らないが、これは〈ポスト・オウム時代の犯罪ドラマ〉である。善(警察)が悪(犯人たち)を撃つという古めかしいドラマとはちがう立場で作られているといってもよい。

閉塞《へいそく》した時代にふさわしく、このドラマでは警察の内部が混乱している。映画では、湾岸署、警察庁、警視庁、公安が入り乱れ、捜査する側がすでにモタついている。変質者による殺人と警視庁副総監誘拐事件が同時に発生し、お台場にある湾岸署の織田裕二、深津絵里、指導員のいかりや長介らが動き出すが、彼らはいずれもノンキャリア組である。

これに反して、警察庁の柳葉敏郎はキャリア組であるが、東大卒でないために孤立している。警視庁捜査一課の超エリート、筧利夫が露骨に湾岸署を軽視すると、柳葉は織田に友情を感じるという仕組み。

キャリア組のノンキャリア組に対する差別――これはサラリーマンの組織にそのまま置きかえられる。湾岸署の中には三人の中間管理職がいて、その情なさは妙にリアルである。「踊る大捜査線」の人気は、（ああいう奴、うちの会社にもいるいる）という感情にも支えられていると思う。

このドラマは集団劇であり、ほかにも水野美紀、ユースケ・サンタマリアらが活躍するが、映画版では、やたら明るい織田裕二、笑わない柳葉敏郎、むちゃくちゃ強気な深津絵里、定年退職後も後輩が気になるいかりや長介、怪しげな小泉今日子が中心になっている。中でも、いかりや長介、深津絵里がすばらしい。

この種の犯罪ドラマはアイデアと伏線の張り方が重要なのだが、君塚良一の脚本には、「トゥルーマン・ショー」の五倍ぐらいのアイデアが詰まっている。

君塚（一九五八年生れ）は萩本欽一の弟子で、構成作家だった。今から二十年ぐらい前に、

「いつかドラマとバラエティが融合する不思議な時代がくるから、それまで遊んでろ」と言いきった萩本欽一もすごいが、年間五百本ぐらい映画を観た君塚もあっぱれである。その本数には驚かないが、観るポイントが違っていた。

映画にとりかかる前に、彼は亀山千広プロデューサー（一九五六年生れ）と本広克行監

督（一九六五年生れ）に、須川栄三の「野獣狩り」という一九七三年の作品を観て欲しいと言ったという。この小品はビデオ化されていず、ぼくも観ていない。テロリストの誘拐犯を追う話らしいが、実は日本映画にはそうした小品犯罪ドラマの秀作・佳作がいくらでもあった。そうしたドラマを観ているかいないか、趣向やディテイルの面白さを記憶しているかどうかが一つの才能だと思う。

テレビの「踊る大捜査線」は刑事が拳銃を撃たず、犯人側も発砲しないドラマとして有名になった。オウム事件から和歌山カレー事件にいたる、なんでもありの犯罪の流れをみると、もはや、ドンパチには全くリアリティがない。〈リアリティのない漫画的刑事〉という作り方もあったが、今となってはそれもかったるい。

この映画でいえば、二つの犯罪が一つになり、犯人が割れる、その部分がいかにも〈現代〉である。

映画を少し観ている人なら、すぐにわかることだが、ここには過去の二つの名作の引用がある。一つは黒澤明の作品だが、製作サイドは黒澤プロに挨拶をし、快諾を得たという。これも珍しいケースだ。

日本映画といえば、〈個人的な想い入れ〉と〈暴力〉というマイナーな世界で、観客を拒否してきたが、「踊る大捜査線」は大ヒットしていると聞かされた。けっこうなことである。

一九六〇年代の終りには「男はつらいよ」、一九七〇年代前半には「仁義なき戦い」五部作と、いずれも時代を象徴する日本映画があった。「踊る大捜査線」は一九九〇年代末を象徴する作品で、しかも（というか、何というか）若い女性、中高生がつめかけているのがすごい。

そういう若者の世界とぼくをつなぐのが、かのいかりや長介である。いいかげんなことを言っているのではない証拠に、ぼくが一九八一年に書いた文章（「笑学百科」）を引用する。

〈正直にいって、ぼくはドリフターズにはあまり興味がなかった。

ただ、いかりや長介というリーダーには注目していて、単独で脇（役）にまわったら、渋いユニークな演技者になるだろうな、と考えていた。高度成長からとり残されたたぐいの人物を演じたら、風貌《ふうぼう》といい、柄といい、ぴったりである。いまどき、ハングリーな雰囲気をこれだけ感じさせる人も珍しい。〉

（'98・12・3）

東京言葉と志ん朝独演会

久しぶりに、純粋の東京言葉を耳にした。

「あいつ、いい間のふりに……」

「とどのつまりは……」

古今亭志ん朝さんの三夜連続独演会においてである。

〈とどのつまり〉は父親がよく使っていた言葉で、ぼくは今でも使う。

——小沢一郎が自民党をひっかきまわして……。

——とどのつまりは、そういうことさ。

〈結局は〉〈つまるところは〉のことである。

〈いい間のふりに〉は久保田万太郎が小説・戯曲の中で使った言葉で、今から数十年前に〈失われゆく東京語〉（池田弥三郎）に入っていた。下町生れのぼくも、この言葉はきいたことがない。

もっとも、ぼくは中学・高校が山の手だったので、時に応じて自分の言葉を変えてし

ビの下町ドラマでも、伊東さんが出ると安心できる。

の手の言葉は画然《かくぜん》と違っていたからで、伊東四朗さんが役者での代表だ。だから、テレ

世の中には下町言葉しかしゃべれない人がいる。昭和三十年代まで、東京の下町と山

まう癖がつき、そのまま、今日《こんにち》にいたっている。

落語は言葉の芸術である。

他の要素もいろいろあるが、少くとも江戸落語の世界を構築してゆくのは、江戸＝東京言葉である。（ついでに書いておくと、〈いい間のふりに〉とは〈いい気になって〉〈調子にのって〉のことだ。）

非常に野暮ったいことを述べるようだが、六十年ぐらい落語をきいてきて、つい最近、気がついたことがある。明治以降の日本文学は、結局、三百ぐらいある江戸落語の深みに及ばないのではないかという一事だ。それに気づいたのは、数年前、志ん朝さんの独演会をきいていた時である。若くして〈文句なしに上手《うま》い〉〈大器〉といわれたこの人が、さらに深い世界、わかり易くいえば、人物の描写の彫りをより深くしていると感じたからだ。笑わせながら、彫りの深い描写を演じて見せるのは只事ではない。

文学というようなつまらない話をすれば、落語のもつ凄みを熟知していたのは夏目漱石であり、幾つかの短篇での太宰治である。そして、ぼくの反省は、若いころ英文学や

らなにやら怪しい勉強をしながら、落語は〈尊敬すべきエンタテインメント〉として別格扱いしてきたことである。

もっとも、そのころの落語界は混乱期だった。いや、混乱がおさまりかけてきたころか。志ん生・文楽の黄金時代で、父親は戦前の日本橋倶楽部（いま浜町スタジオがある辺りにあった鉄筋の建物）で志ん生をきいた想い出を楽しげに話した。ぼくの父親はそうした真贋《しんがん》の鑑定だけで人生を終えたような人で、円生の芸に対しては否定的であった。


そうだ。言葉の話だった。

〈落語好きのインテリ〉というような人と話をしていて、ひっくり返りそうになったことがある。その人は、落語の中の言葉・会話を〈落語のために造られたもの〉と思い込んでいたのである。

「いや、あれは、東京下町の日常の言葉の中の面白い部分を掬《すく》い上げて、その落語家なりに表現したものです」

と説明したら、納得してくれたが。

落語のもとは、中国の話（意外に、これが多い）、江戸時代の滑稽《こっけい》ばなし、上方落語だったりすることが少くない。陽気な江戸っ子が出てくる「野ざらし」だって、中国の話の翻案だという。翻案じゃ仕方がないから、向島を舞台にして、江戸弁のやりとりで面白くした。とはいえ、いろいろな演者が手を加えているから、近代文学より歴史がある。当世の人向きにわかり易く語っていても、「いい間のふり」や「とどのつまり」を入れ込むところに、志ん朝落語のうれしさがあると思う。わかる人だけがわかりゃいい、という肚《はら》の据え方である。

志ん朝さんが真打ちとして活躍し始めた一九六〇年代は、今となっては〈野暮な恥ずかしい時代〉である。

伝統的なものはすべて否定され、とにかく、新しければいい、という時代。古典落語まで新しくしなければいけないという勘違いがあり、たとえ話をすれば、「不景気なつらしやがって」を「ウディ・アレンみてえなつらしやがって」というと、どっとウケるという情ない風潮があった。

この時代、志ん朝さんは二枚目として「若い季節」（NHK）で植木等、渥美清、坂本九たちと共演し、「サンデー志ん朝」（フジテレビ）というヴァラエティ番組をもつかたわら、寄席やホールで長い人情噺《ばなし》を熱演していた。声が良く、テンポの早い口調で「唐茄子屋政談」をたっぷりと演じた時、これはどういう人だろう、と思ったことがある。表層的な新しさを捨てて、人情噺に徹している。しかも、なんともいえない色気がある。

やがて、テレビ出演がぴたりととまった。その辺りの事情はぼくには窺い知れない。

ホールでの落語会で、彼は「三枚起請《きしょう》」のような廓噺《くるわばなし》をよく演じた。人情噺と廓噺となれば、女を演じなければならない。鼻にかかったような声を出す女を演じると、年輩の人たちに伍《ご》するように、わりに若くして、なった。

今度の独演会でも、「紙入れ」の浮気な人妻、ホラー落語「藁人形」のおそろしい女郎おくまなど、色っぽい女が印象に残った。

数年前、ぼくがぞっとするほど（深い）と思ったのは、男女の会話であるが、それについては、あえて書かない。だいたい、世の中がもっとまともであれば、ぼくなどが志ん朝さんの芸について書く必要はないのだ。

今回、大物は千秋楽の「中村仲蔵」であった。

もともと外交官か役者になりたかったという志ん朝さんにとって、「忠臣蔵」とその中の役をめぐる歌舞伎の楽屋の世界は、いわば自家薬籠《じかやくろう》中の物のはずだが、「忠臣蔵」五段目の定九郎の役づくりの話なので、四段目と五段目がどうちがうのか、定九郎役はそれまで軽いものだった、という説明を観客にしなければならない。しかも、いかにも〈説明〉という感じではなく、雑談風にしなければならないのだから、時代とはいえ厄介だ。

しかし、この部分がポンポンと楽しげに語られたので、他の人が演じたらかなり辛いこの人情噺が現代人の心に通じるものとなった。志ん朝落語にはまるとは、つまりは、こういうことである。

（'98・12・10）

ようやく観ました、「タイタニック」

盛り場の書店でカレンダー群を眺めていたら、「タイタニック・カレンダー」というのがあった。

ディカプリオのカレンダーがあるのは驚かないが、タイタニックとはいったい何だ？カレンダーのサンプルをめくってみると、映画「タイタニック」の名場面集であった。ま、結局はディカプリオ集なのだが。

十一月末にビデオが発売された時はすごかった。新宿のセルビデオ店の棚一つが、まるまる「タイタニック」である。右側に隣接した棚はディカプリオ出演の映画一色であった。近年、映画をあまり観ないので、ぼくはディカプリオ君を知らないと思っていたが、数年前、飛行機の中で観た西部劇「クイック&デッド」のけなげな少年がそうだったのだ。ビデオの棚を見ていて、それがわかった。紅毛碧眼《こうもうへきがん》、われわれとはかかわりのない、昔、横浜で金網越しに眺めた駐留米軍の少年のような印象であった。

それから駅の方に歩くと、ＣＤ屋の店先に机が出ていて、ビデオが積み上げられ、だみ声《ごえ》のお兄さんが「さあ、『タイタニック』ですよ！」と叫んでいる。

映画の配給収入は百六十億円を超え、ビデオの予約は五百万本だという。流行《はやり》の映画などどうってことないと思っているぼくだが、うーむ、これは、遂に「タイタニック」を観るしかないか、と唸った。

公開後約一年、リピーターが多く、七回観た女の子がいることも知っているが、そろそろ空《す》いているだろう、と思ったのが、今にしてみればマチガイであった。

帝国ホテルの斜め前のみゆき座という映画館はだいたい空いている――そういう記憶もマチガイだった。ぼくがみゆき座で観たのは「さよならコロンバス」とか「さすらい・の青春《ル・グラン・モーヌ》」といった青春映画で、こちらもまだ青春の気分が残っていたときである。一九七〇年ごろ、そうした映画は、もう客席がガラガラだったのである。

みゆき座に電話してみると、土日は満員だという。そこで席を予約した。三千円もするのですね。

さて、当日――。

ぼくは映画館歴も六十年ぐらいだから、大入りの映画館というのは気配でわかる。上映時間の四十分前なのに、なんとなく人が集まっている。目には見えないが、モヤーッとしたなにかがある。そのうちにスピーカーを持った従業員が叫び始める。三千円も払うのに、窓口(二つあるのに一つしかあけていない)の女の子が妙につっけんどんである。はっきりいえば、威張っている。「いい? 観せてあげるのよ」という先方の意識が伝わってくる。

チケットを受けとっても、時間があるので、向い側の小ぎれいな店に入り、ロイヤルミルクティを注文した。さあ、これがなかなかこない。〈ロイヤル〉だから、焦るのはみっともない。本当は、この時に手洗いに入っておくべきだった。

映画が始まる直前に手洗いに入るのは、ぼくの癖らしい。いつか「七人の侍」リニューアル版の試写に行った時、高校時代の友人に会い、「トイレに行っておくから」と言うと、「おい、あの癖、まだ抜けてないのか」と言われた。三時間以上の映画というと、特に自信がなくなる。

慌てて、みゆき座に入り、中二階の手洗いに行って、驚いた。

女子のマークのついた方に中年、初老の女性がならんでいる。これは当り前だ。

しかし、男子マークの方にも女性がならんでいるのである。だいたい、女性が男子の手洗いに入っているのを見たのは、生れて初めてである。

?が五つぐらい頭の中をかけめぐった。男はどうしたらいいのだ。

すると、男性従業員が現れて、「男の方はこちらへ……」と言った。階段をおりると、そこにもう一つ手洗いがあった。

それにしても、である。ああいう使い方をするのだったら、中二階のドアの男子マークを消して、男子手洗いの案内の紙でも貼っておくべきではないだろうか。不親切というか、なんかみっともない。近ごろの映画館は、たまに満員になると、舞い上り、客の心中などどうでもよくなってしまうらしい。

公開後一年近くたっているせいか、観客の大半は中高年であった。笑いも泣きもせず、ひたすらスクリーンを見詰めている。歳のせいか、上映中に手洗いに立つ老女が多い。映画は、実に不思議なものであった。ハイテクによる特撮と古めかしいメロドラマが共存していて、メガヒットする作品とはこういうものか、と呆然とした。理科系出身のジェームズ・キャメロン監督は人間のドラマには（本当は）興味がないのだと思う。しかし、メロドラマがなくては大衆がついてこないと計算して、ディカプリオを主人公にもってきた。

ぼくは腕時計ではかっていたのだが、三時間余のドラマの真中まで、ヒロイン（ケイト・ウィンスレット）をめぐる三角関係のいざこざがあり、そこからタイタニックの沈没が始まる。

さして美人でもなく、腕が太いヒロインは、突然、活躍を始める。ジェームズ・キャメロンの映画のヒロインは必ず、男よりも強い。沈没中の船底で、彼女はディカプリオを救出し、二人で海に落ちる。前半の凡庸な演出にくらべて、危機が始まると、キャメロンの演出は冴《さ》えに冴える。「エイリアン2」や正続「ターミネーター」でおなじみの〈そこまでやるのか演出〉で、押しに押す。ヒロインが生きのびるのは当然だろう。

しかし、ここまで人間のドラマがなくていいのだろうか、という疑問は残る。ヒロインと肉体関係をもったディカプリオが、敢然《かんぜん》として彼女に近づこうとして妨げられるシーン。あそこだけディカプリオに感情移入できたけれども。

終りの方で啜り泣きがいっせいにおこるときいていたが、そういう現象はなかった。ぼくはといえば、一九四五年の東京大空襲の朝を考えていた。

いずれにせよ、観客はある種の終末感にとらえられる。破産・リストラのつづく日本沈没の現状を考えて、ひとごとではないと思う人も少なくないだろう。この夜の人々は、(ディカプリオ様、かわいそう)とほど遠い観客層だったのは間違いない。('98・12・17)

歳末風景・1948

探し物をしていると、肝腎《かんじん》な物は見つからず、一九四八年の日記が出てきた。タイタニック号の金庫から出てきた例の絵みたいなものだが、あれは創り物。こちらは本物である。

厳密には日記ともいえないメモ、走り書きであり、藁半紙《わらばんし》に鉛筆で書いたものだから、ぼくにしか読めない。戦後三年目とはいえ、紙質の良いノート、万年筆があった時代に、どうしてこんなことをしたのか。

それはともかく、その中に、今から五十年前の自分が生きて動いているのは確かで、ぼくはしばらく物思いに耽《ふけ》った。五十年前の高一のぼく、ささやかな和菓子屋の息子の日記、というよりも、一九四八年（昭和二十三年）の風俗、歳末風景としてお読みいただきたい。

＊　＊

十二月十五日（水）晴

大蔵大臣・泉山三六《いずみやまさんろく》が酔って女性議員に抱きつき、辞任した事件は教室での良い話のタネだ。

放課後、掃除をサボって、映研（映画研究会）の五人とフランク・キャプラの「毒薬と老嬢」を観に、新宿武蔵野館へ行く。冷たい風の中を少しならぶ。すごい詰め込み方で、定員制もくそもありゃしない。

スバル座でのロードショウ以来二度目だが、あいかわらず面白い。映画館の外に出ても笑いが止まらない。夜の街――新宿駅南口に上る階段に一メートル置きにならんだパンパンガールが「ねえ、お兄さん！ お汁粉でも飲もうよ」と声をかけてくる。

七時すぎの電車に乗り、八時、家に着く。途中、「宝石」新年号を買った。（注・「宝石」は推理小説専門誌）

十八日（土）晴

午前中はクラス会で揉《も》める。

午後は池袋の人世坐《じんせいざ》。試験の終った学生で一杯で、けっこう混んでいる。まず「ブリティッシュ・ニュース」。英国映画「情炎の島」の予告篇で笑い、デュヴィヴィエの「舞踏会の手帖」を観る。終ると、少し頭が痛くなった。映画のせいではなく、風邪をひいたのだろう。夜はいつの間にかうたたね。

十九日（日）晴

体温をはかるのがメンドウだ。昼まで年賀状用の版画を彫る。
昼から床屋と郵便局。郵便局は本局まで行っても、昼までだった。やれやれ。
床屋は二十五日から〈夜間営業〉とある。いよいよ一九四八年も終りだ。本屋に行き、「ブロンディ」（注・チック・ヤングの有名な漫画の日本語版）の4を探すが、早くも売り切れたらしく、どこにもない。夜は版木《はんぎ》彫りを続け、映画「剃刀の刃」のテーマ曲を口ずさむ。（注・のちに知ったが、「剃刀の刃」の監督エドマンド・グールディングが作曲した「マムゼル」という名曲）
二十日（月）晴
学校を二時に出て、友達二人と池袋へ。おとといの人世坐につづき、池袋は二度目だが、言われるほどオッカナイ盛り場かどうかは不明。
東洋という映画館で、入るとちょうど休憩時間。三つ席が空いていた。映画は「銀嶺の果て」。友達は夏に泊ったヒュッテが出てきたと言う。山へ行きたいと思う。帰りに、一人が「もういらないから」と太宰治の単行本「人間失格」をくれる。
二十五日（土）雨のち曇
クリスマスだというのに、朝八時半に新宿の地球座の前にいる。
いやはや、呆れた。誰も約束の時間にこない。数十分して、ぱらぱらと集まってくる。どうもケシカラン連中だ。年賀状を刷っていたとか、それぞれ言いわけをする。

ローレンス・オリヴィエの初監督・主演の「ヘンリー五世」。二度観たが、美しいのと夜の場面が眠いのは比類がない。アジンコートの戦いも実にのんきだ。

二時に外に出ると、次の回の客がならんでいる。食事を伊勢丹でとろうと言ったが、私以外はクリスマスの集いやら年賀状やらで、散り散りになる。仕方なく、家に帰り、遅い昼めしを食べて、寝る。

起きると夜の八時。（ラジオで）バートン・クレーン（注・日本語でうたう戦前からの外人歌手）や古川ロッパでクリスマスの特別番組があるらしい。また、アメリカ〜日本を国際電話でつないでのクリスマス風景報告もあるとのこと。

二十六日（日）曇、小雨

午前十一時まで寝て、一時間、勉強。一時から日本橋三越、髙島屋など、デパートを歩く。たいへんな景気だ。人の波でふらふらになる。

母にたのまれた鋏《はさみ》、庖丁、餅網《もちあみ》などを買う。私は吉川英治の「三国志」十巻（七十円）と幾何の参考書を買い、クリームサンデーとゼリー（両方で四十五円）を食べて帰る。

夜は英語の宿題、なんとか片づける。

「日曜娯楽版」（注・唯一のラジオ放送＝ＮＨＫの名物番組）は、メインの三木鶏郎《とりろう》が大阪にいて、河合坊茶《かわいぼっちゃ》だけがコントに出演する変型版。小菅《こすげ》刑務所にいる汚職大臣の代表が「トリローはいるか？」と番組に怒鳴り込んでくるコントが面白い。

二十九日（水）曇のち晴

我が家は餅の注文・配達で忙しい。

天気はようやく冬型になり、昼まで授業のない学校でぶらぶらする。それから友達の家に行き、級友を批評し、人生を語り、猫をからかって帰る。内田百閒の「凸凹道」と雑誌「新潮」、椎名麟三《りんぞう》の「永遠なる序章」を借りて帰る。

須田町から歩いて帰ると、酔った労働者、松飾りをかついだ職人などで道がごったがえしている。

いま十一時だが、家の外を酔っぱらいがオキナワ民謡を歌って通る。

三十一日（金）曇のち雨

浅草橋で本の叩き売りを見る。テキヤだ。

それから水道橋に出て、かなり道に迷い、柳町だか薬王寺町の出版社・湊書房（といってもフツウの家）に辿りつく。ポケットの金をはたいて、甲賀三郎の「死化粧する女」を買う。これで、甲賀三郎全集は全巻そろったことになる。

家に帰って数学をやるが、メンドウになり、やめてしまう。これがユーウツの種だ。

柳橋の銭湯に行き、年越しのシナそばを食べる。母は障子張りを始めた。やがて、父も湯に行く。雨になったようだ。

＊　　＊

これだけだと、映画ばかり観ていたようだが、当時はエンタテインメントがそれしかなかったから仕方がない。テレビはもちろん、民放ラジオもなかったのが、五十年前の生活である。

（'98・12・24）

あとがき＝横丁居住者の生活と意見

コラムというのか、エッセイというのか、そういうものを週刊誌に連載するのは初めてなので、どうなるかと心配しないでもなかったのですが、とにかく、一九九八年のぶんが、こうして一冊の本になりました。

本になる前に、全体を読みかえしたのですが、自分でいうのもおかしいけれども、内容がバラバラではなく、一つの作品のような重みを感じました。

まあ、これは当然なので、ものごころついてから、六十年間ぐらいのことを書いているのですから、多少の重みがなくては困るのですが。

ぼくの基本認識は、日本人のメンタリティが、戦前・戦時中と現在をくらべて、さほど変化がないというものです。敗戦によって、日本人や日本の社会が完全に一変したというのはフィクションです。もちろん、山田風太郎さんの「死に方を自分で選択できるようになったのが大きな差だ」という言葉は正しいでしょう。〈戦中派〉の山田さんらしい正論で、戦時中に子供だったぼくは、なるほど、とうなずいたのですが、にもかかわらず、右のように、日本人は〈変っていない〉という感想を持ちます。大衆は権力者につねに騙され、大新聞とテレビが権力者に寄りそう、という在り方には、現在の身辺のことを書きながら戦中・戦後の記憶を串刺しにする方法でしか対抗できません。

もっとも、いつもそんな堅苦しいリクツで書いているわけでもないので、〈笑い〉好きのぼくは、その方面でも楽しんでいます。〈横丁居住者の生活と意見〉として、お楽しみ頂ければ幸いです。

一九九九年六月

小林信彦

文庫版のためのあとがき

「週刊文春」に同名のエッセイを連載するようになってからの、これは一冊目で、くりかえすようですが、一九九八年のぶんです。

自分の立場を明確にするために、単行本のあとがきに〈横丁居住者の生活と意見〉というタイトルをつけたのですが、その意味が、書評を書く人に通じなかったようです。はっきりいえば、これは〈横隠《よこいん》の生活と意見〉なのですが、〈横隠〉という落語用語がもはや通じない。〈横丁の隠居〉ということですが。

しかし、ぼくは働いているので、実は〈隠居〉でもない。そこで苦しまぎれに〈横丁居住者〉としたのですが、勘違いして、「けっこうなご身分だ」と誤解した人もあったようです。

現実には「小言幸兵衛《こごとこうべえ》」的な要素が多く、それでも、この年は、まだ笑いの糖衣にくるんでいられたようです。いま（二〇〇二年）にくらべれば、まだ世の中、いくらかはましであったわけです。

もっとのんびりした、楽しいエッセイを、と考えて始めたのですが、とりかかってみると、そうもいかない。季節の移り変りは当然として、世相の悪化が自然に文章に入ってしまう。これは、まあ、仕方がないでしょう。

今後も、〈笑える同時代史〉〈笑えるクロニクル〉として読みつづけていただければ幸いです。

小林信彦

二〇〇二年二月

解　説

赤瀬川隼《しゅん》

この本を読み終えたとき、ぼくは、週刊誌連載のコラムが文庫本になって出ることの効用とでもいうものに考えが及んだ。まずそのことから書いておきたい。

週刊誌に毎週見開き二ページのコラムが一年続くと、単行本一冊くらいの分量になる。そして単行本になって出て三年ほど経つと、今度は文庫本になる。週刊誌に載り始めてからだいたい四年経っている。これが、週刊誌の人気コラムが単行本を経て文庫本になるまでのおよその時間である。

〝人生は五十一から〟は現在（二〇〇二年二月）も二百回をこえて「週刊文春」に好評連載中だが、この文庫本に収録されているのは一九九八年の丸一年間である。三年から四年前だ。

はて、あの年はどんな年だったかな、ぼくはどんな生活をしてたかな、社会ではどんなことがあり、ぼくは何を愉快に思い、何を悲しみ、何に対して怒っていたかな。この本を読みながらぼくは、そらではくっきりと蘇ってこない自分の一九九八年を蘇らせようとしていた。

ぼくにとっては、この三、四年前というのがいちばん厄介な時期なのである。白い霧がかかったように思い出しにくい。いくら何でも昨年や一昨年のことだとまだはっきり憶えていることが多いし、反対に十年前、いやもっと昔の事象になると記憶の輪郭はかえってくっきりと残っている。その中間が厄介なのだ。もちろん個人差はあろう。そしてこれは多分、ぼくももう七十になって忘れっぽくなったと言っているに過ぎないことなのかも知れない。それを認めたうえで、やはり三、四年前の白い霧現象は自分の状態として気になる。回復してみたくなる。

いや、この本が単に記憶回復に役立つから有難いというわけではない。この本は、愉しく読み進むうちに「うん、あれにはぼくも同じことを感じたよ」「そうか、こんなこともあったな」「いやあ、そのとおりだったよ」などと、記憶というよりも当時のぼくの生活感覚をまざまざと回復させてくれるからうれしいのである。毎週一回だからといって、必ずしもその週あるいはその近くで生じたトピックを採りあげているわけではないが、かりにかなり過去のことであっても、それはその週に生活していた著者がそのときそれを書こうとしたのだから、著者にとってはその週のトピックとなる。

こうして毎週書いたものが積み重なって一年分となり一冊にまとまると、読者は、著者の一年分の、いわば私的クロニクルを受け取ることになる。そして、そのトピックの選び方や感じ方が読者の「私的」なものと共鳴するものが多ければ多いほど、読者は愉しい本にめぐり会った喜びを覚えるのである。ここでいう「私的」とは、人それぞれが世の中のどんな分野あるいは話題に関心を持つかという個別性と、それに対する感じ方、更にはそれを表現することばの個別性という意味で使っている。

世の中には沢山の週刊誌があり、毎週掲載されるコラムやエッセイは数え切れないほどあるが、ぼく個人としては、この種のクロニクルでは週刊文春のこのコラムと、もう一つ選ぶとすればサンデー毎日の中野翠のコラムの二つがあればいい。肌合いは異なるものの、そのときどきのトピックに対する感じ方や考えが、読者であるぼくの「私的」なものと共鳴することが多く、愉しくかつ読みがいがあるからである。そしてその底には、ことばに対する共通感覚があると思う。世の中で盛んに使われることば、新しく生れることば、流行することば、そしてそれらのことばの使われ方についての美醜、好悪の感覚である。美意識といってもいい。

この本でそれが端的に示されているのが「みっともない語辞典」と「現代〈恥語〉ノート」だろう。ここで俎上に載せられている例の大半については、ぼくも日頃から感じているものも含めて「まったくそのとおりだ」と同意したくなるものばかりである。

日本語の乱れがずいぶんいわれてきたが、この二、三年、それらを嘆いてきた文化人、ベテランのアナウンサー、テレビのキャスター、学者——この連中の日本語がおかしくなった。

を緒言とするこの辞典、ノートの項は、著者を中心に有志が集まって集大成し、一冊の本にして警鐘を鳴らし、「連中」をはじめ一般の老若男女にも問う価値のある、文化の根底の問題であろう。

さて、ぼくにとっては三、四年前あたりが、白い霧がかかったようにいちばん思い出しにくい時期などと書いたが、この本を読み進むうちに、「そうか、一九九八年は長野の冬季オリンピックもあったんだったな」と思い出す始末。テレビでも中継をほとんど見なかったせいもある。しかしテレビや新聞のスポーツ・ニュースには目を通していて、その報道の仕方には、この本における著者の指摘と同じものを感じてうんざりしていたことを思い出す。

長野オリンピックは裏がスキャンダルまみれであり、いずれ、それらがどっと活字になるのだろうが、そうしたこととは別に、マスコミの横一列の報道姿勢は、紀元二千六百年の馬鹿さわぎ、一九四一年十二月の開戦直後、そして一九六四年の東京オリンピックを、いやでも想起させる。(中略)あの報道の仕方はなんとかならないだろうか。冷静で客観的なアナウンス、コメントというのが出来ないのだろうか、日本人は。

いくつかの実例が添えられているので、ぼくもテレビやラジオのアナウンスを聞いたり新聞のコメントを読んだりしながら同じ感を抱き、「まったく、何とかしてくれよ」と舌打ちしていたことを思い出す。六四年の東京オリンピックの新聞の縮刷版を見ながら、著者は回顧する。

〈鬼でもない、魔女でもない　泣いた、みんな泣いた〉

〈気力で果した〝夢〟　先輩に恩返しが〉

当時、新聞社の中堅は〈戦中派〉であるから、戦時中の見出しに似ているのは仕方がないか。しかし、とうの昔に払拭されたはずのカーキ色のメンタリティが前面に出てきたのが非常にこわかった。

「サッカー・ファシズム」の項を読み返してみよう。九八年のフランスW杯のことである。このときの日本のマスコミの報道の推移と、それに先導され引きずられる大衆の様子を、著者は太平洋戦争になぞらえ、〈緒戦《しょせん》の勝利〉（イランとのW杯前哨戦）、〈理由なき自信〉〈ミッドウェー以後〉〈サイパン島玉砕〉といった小見出しで括りながら、見事に簡潔にまとめている。

　スポーツに関する文の抜萃が続いたが、もちろんこの本の多彩なトピックスに占めるスポーツの割合はほんの一部である。むしろ中心は映画・演劇・テレビ・ラジオ・落語・日常の暮しなどで、そこから一年間の世相が著者の目をとおしてあぶり出される。ただ、ここに引いたオリンピックやW杯についての文章には、世の中の事象と日本人のメンタリティについての著者の一貫した考え方、感じ方がいちばんよく表れていると思うのだ。

　その「一貫」とは何か。著者は「あとがき＝横丁居住者の生活と意見」で次のように書いている。


　ぼくの基本認識は、日本人のメンタリティが、戦前・戦時中と現在をくらべて、さほど変化がないというものです。敗戦によって、日本人や日本の社会が完全に一変したというのはフィクションです。（中略）大衆は権力者につねに騙され、大新聞とテレビが権力者に寄りそう、という在り方には、現在の身辺のことを書きながら戦中・戦後の記憶を串刺しにする方法でしか対抗できません。

ここに抜萃した部分の、特に後半は、この本の勘所を過不足なく表していると思う。毎週採りあげるトピックは、著者の「現在の身辺のこと」ばかりである。著者はあらかじめ天下国家のテーマを据えて大上段に構えたりはしない。読者にも親しみやすい身辺のことを書き進めながら、「戦中・戦後の記憶を串刺しにする方法」によって読者をものごとの本質に自然に導いてゆく。

それにしても、著者の少年時代から現在までの「身辺のこと」の何と多彩なことか。東京の下町に生れ東京で育ち、十代から映画・演劇・音楽・寄席などに自由に親しみ、長じてからもそれらと縁の深い仕事にかかわってきた著者の文章には、トピックスの面白さとともに、江戸っ子の粋とでもいうものが自然に滲み出ている。それは巧まざる諧《かい》謔《ぎゃく》となり、ものごとを見るときの余裕を生む。ぼくのように地方を転々としながら成人し、長じてからやっと東京にしがみついて暮しのたつきを得るようになった者に比べると、同世代（著者のほうが一つ若い）とはいえずいぶんちがう。ぼくも、身辺のことから戦前・戦中・戦後の記憶を串刺しにすることはよくあるものの、どうしてもいつのまにかムキになり、無粋になってしまう。しかし、だからこそぼくは〝人生は五十一から〟の愛読者なのである。

（作家）

初出誌　週刊文春　一九九八年一月一日／八日号〜十二月二十四日号
単行本　一九九九年六月小社刊

文春文庫

©Nobuhiko Kobayashi 2002

人生《じんせい》は五十一《ごじゆういち》から

定価はカバーに
表示してあります

2002年4月10日　第1刷
2003年7月30日　第2刷

著　者　小《こ》林《ばやし》信《のぶ》彦《ひこ》
発行者　白川浩司
発行所　株式会社　文藝春秋
東京都千代田区紀尾井町 3-23　〒102-8008
TEL 03・3265・1211
文藝春秋ホームページ　http://www.bunshun.co.jp
文春ウェブ文庫　http://www.bunshunplaza.com

落丁、乱丁本は、お手数ですが小社営業部宛お送り下さい。送料小社負担でお取替致します。

印刷・凸版印刷　製本・加藤製本　Printed in Japan
ISBN4-16-725611-8

文春文庫　最新刊

陰陽師　生成《なまな》り姫　夢枕　獏
全ては十二年前、博雅に花を差し出して去っていった姫との出会いから物語は始まった！

一十郎とお蘭さま　南條範夫
藩主の美貌の側室お蘭を女神の如く崇め、仕える剣の達人一十郎の愚かしくも一途な恋情

球形の荒野〈新装版〉（上下）　松本清張
終戦工作を巡って「生」を奪われた外交官。真相を追う新聞記者の前に、殺人事件が……。

脳病院へまゐります。　若合《わかい》春侑《すう》
昭和初期、濃密な男女の情痴世界。愛する男から虐げられ続ける女にとって魂の救済とは

スランプ・サーフィン　光野　桃
女性の日常に突然やって来るスランプ。誰かに癒されるよりも、自分で軽やかにかわす！

フラッシュバック　私の真昼　髙樹のぶ子
旅先の朝のコーヒー、水底で眠る魚の群れ、豊かに生きたいあなたに捧げたい名エッセイ

雨天順延　テレビ消灯時間5　ナンシー関
えなりの磐石ぶり、神田正輝の必然なき発生……。テレビ批評の最高峰、不滅の名コラム

日本語のこころ　'00年版ベスト・エッセイ集　日本エッセイスト・クラブ編
普段何気なく私たちが話す日本語。そこには外国人が驚く独特の表現があったのだった！

何用あって月世界へ　山本夏彦名言集　山本夏彦　植田康夫選
亡くなった著者の二五冊の中から選びに選んだ名言至言の数々。夏彦ファン待望の文庫化

わたしの唐詩選　中野孝次
李白、杜甫、王維等、私達の耳に親しく、人生の諸相を寸言に凝縮した名句のエッセンス

大正美人伝　林きむ子の生涯　森まゆみ
富豪代議士夫人にして大正三美人に数えられた林きむ子の波瀾万丈の生涯を赤裸々に描く

京都で町家に出会った。　古民家ひっこし顚末記　麻生圭子
築七十年の町家を建築家の夫と修復して暮らし始めた麻生さん。古風で美しい京都の生活

二葉亭四迷の明治四十一年　関川夏央
明治にあって現在にないものとは？明治期に夢を追い続けた一人の男の自由な精神を辿る

昭和天皇とその時代　河原敏明
現代史最大の主役・昭和天皇の八十七年に亘る日々を知られざるエピソードを交えて描く

敷島隊の五人（上下）　海軍大尉関行男の生涯　森　史朗
レイテ島沖で米空母に体当たりをし、若い命を閉じた五人の若者たちの短い生涯を活写！

あのころ、私たちはおとなだった　アン・タイラー　中野恵津子訳
人生をやり直すのに遅すぎることはない、そう決心した五三歳の主婦の冒険を軽妙に描く

闇に問いかける男　トマス・H・クック　村松　潔訳
幼女殺害の容疑者、取り調べる刑事たち、捜査過程で浮かぶ怪しい人物。真実は一つか？

ヴードゥー・キャデラック　フレッド・ウィラード　黒原敏行訳
元CIA局員が企む資金詐取計画。裏切りと狂騒の果てに金を手にするのは一体誰なのか